D1730233

Olivier Adam

Leichtgewicht

Olivier Adam
Leichtgewicht

Roman

Aus dem Französischen
von Florian Glässing

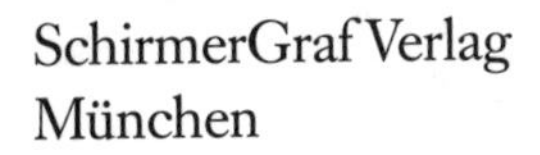

SchirmerGraf Verlag
München

Von Olivier Adam liegt bei SchirmerGraf bisher vor:
Am Ende des Winters. Erzählungen

Die Originalausgabe erschien 2002 unter dem Titel »Poids léger«
bei Éditions de l'Olivier in Paris.

ISBN 3-86555-022-3

Gestaltung: Paul Barnes, London
Gesetzt aus der Berthold Caslon
Satz: Uwe Steffen, München
Druck und Bindung: Ebner & Spiegel, Ulm
Printed in Germany

www.schirmer-graf.de

Für Karine
und somit Juliette

»Es gibt keine Trauer, nur Erinnerung.
Erinnern wird man sich immer, an alles.
In allen Einzelheiten.«
Bertrand Betsch

I

Ein Schlag in die Fresse, ein Kuß

Bashung

Heute morgen war ich laufen, wie fast jeden Morgen. Als ich wach wurde, strömten bereits die Leute unter das Schutzdach, ich sah ihnen zu, wie sie sich unter das pflaumenblaue Dach des Bahnsteigs drängten, und die Regionalzüge kreischten irgendwie lauter als sonst. Ich bin aus der Wohnung, als der Regen aufgehört hatte, und die Gehwege glänzten, der Beton der Bahnsteige war dunkler. Ich bin in Richtung Park gegangen, von der Brücke des 11. November sah man den anthrazitgrauen Himmel und unten die Seine, ölig und schlammig. Weiter flußabwärts diese andere Stadt, in der ich eine Zeitlang gelebt hatte, in die wir umgezogen waren, mein Vater, meine Schwester, mein Bruder und ich, ich war gerade siebzehn geworden, und Mama war tot. Dort hatte es einen Gemüsegarten gegeben, eine weiße Zementfläche, auf der das Auto parkte, an der Hauswand hatte mein Vater den roten Ring eines Basketballkorbs angebracht. Heute steht das Einfamilienhaus leer, ein Schild mit der Aufschrift »zu verkaufen« baumelt an dem rostigen Gitter, der Garten ist überwuchert von hohem Gras, Mohn und Brennesseln. Mein Vater hätte es nicht ertragen, das alles in diesem Zustand zu sehen.

Meine Schritte waren schwer, und mir war schlecht. Am Abend zuvor hatte ich getrunken, ziemlich viel. Das Begräbnis des Tages war ein kleiner Junge gewesen, und es war unerträglich, und ich habe mir auf die Wangen gebissen, bis es weh tat. Ich konnte nicht anders, ich mußte die ganze Zeit seine kleine Schwester anstarren, sie war so blaß, es war, als ob sie jeden Augenblick verschwinden, unsichtbar werden oder sich in Luft auflösen würde. Sie vergrub die Hände in ihren Taschen, in den großen Taschen eines Wintermantels, und ich sah, daß sie zitterte, eingehüllt in ihren Wintermantel, einen schwarzen Mantel, dabei waren es bestimmt zwanzig Grad. Ihre blonden Haare umrahmten ihr Gesicht, ihren verschlossenen und starren und abwesenden Blick, und sie hatte eine seltsame Art, sich vom einen Fuß auf den anderen zu wiegen, mit zusammengebissenen Zähnen und angespanntem Unterkiefer. Sie muß ungefähr zehn Jahre alt gewesen sein. Einen Moment lang dachte ich, sie würde anfangen zu schreien, aber nein, sie öffnete nur den Mund, nur das, nur dieser Ausdruck von Schrecken auf ihrem bleichen, fast grünlichen Gesicht. Sie stand einfach da, ihre Eltern achteten nicht auf sie, sie schienen nicht in der Lage, auf irgendwas zu achten, sie hielten sich gerade noch auf den Beinen, wirklich gerade eben.

Die Kollegen dagegen machten ihre üblichen Witze, redeten über das gestrige Spiel und schienen dem, was sich da vor ihnen abspielte, keinerlei Aufmerksamkeit zu schenken, das heißt, ungefähr soviel wie einem Film im Fernsehen. Der Sarg war unglaublich leicht, und ich hob ihn mit zuviel Kraft an, ich war das Gewicht von Erwachsenen gewohnt. Die anderen sahen mich grinsend an. Jacques merkte, daß ich ein Gesicht zog, und sagte, mach dir nichts draus Kleiner, du lernst das schon noch.

Ich lief am Teich entlang, ein Nebelstreif schwebte über der Wasseroberfläche, Enten krakeelten, und ich versuchte, meine Schultern und Arme zu lokkern. Ich durfte nicht dauernd an diesen ganzen Unsinn denken, vor allem nicht an die Kleine, ihren leeren, abwesenden, so traurigen Blick und die Art, wie sie den Sarg anstarrte. Irgendwann bin ich zu ihr hingegangen und habe ihr meine Rose hingehalten, denn das bleibt immer an mir hängen, den Angehörigen, die Schlange stehen, die Rosen hinzuhalten, manche sehen mich gar nicht an, sehen kaum die Blume an, greifen nach ihr und stechen sich. Ich bin auf das Mädchen zugegangen, sie war blond und erschütterte mich. Sie hat ihre Hand ausgestreckt, die Rose genommen und zu Boden fallen lassen. Einige Blütenblätter hoben sich vom Staub ab.

Ein Typ heftete sich an meine Fersen, ich hasse das. Ich hörte seinen rauhen Atem, sah mich kurz nach ihm um, er lief in nagelneuen Tretern, schon dreckig vom Matsch. Ich legte Tempo zu, meine Muskeln waren warm und geschmeidig, ich war im Rhythmus, das Blut strömte durch meinen Körper, ich spürte es in mir pulsieren, gleichmäßig und sanft. Er versuchte, an mir dran zu bleiben, hielt sich ein paar Minuten auf meiner Höhe, dann fiel er zurück. Ich lief eine gute Stunde, ich hätte ewig weiterlaufen können. Als ich zurück nach Hause kam, regnete es wieder. Ich ließ mich in den indonesischen Sessel fallen, einen großen Sessel mit orangefarbenen Lederkissen, die meine Katze zerkratzt hatte, und stierte auf die afrikanische Maske an der Wand gegenüber. In das dunkle Holz waren auf Höhe der Augen mandelförmige Schlitze geschnitzt, die Wangenknochen traten unglaublich stark hervor, und nach unten verlängerten schwarze Fäden das Gesicht. Meine Beine waren schwer, mein ganzer Körper, mein Kopf leer, und alles drehte sich. Mir wurde schwindelig und ein wenig übel. Ich trank zwei Bier, dann schlief ich ein, unter meinen Lidern schoben sich Bilder von meiner Schwester und dem kleinen Mädchen ineinander, das seinen Bruder verloren hatte, das eingemummt in seinen schwarzen Mantel den Sarg anstarrte, der bald mit Erde bedeckt, bald vom Erdboden verschluckt, bald vergessen sein würde.

Ich kam zu spät, und Chef merkte sofort, daß ich einen Schädel hatte. Ich hab ihn ein bißchen wegen seines glänzenden Trainingsanzugs angemacht, er fand das nicht lustig und schnauzte mich an, erinnerte mich dran, daß es noch drei Tage bis zum Kampf seien und nicht gerade der passende Moment für blöde Bemerkungen. Ich hatte Bauchschmerzen, dieses Mädchen war gerade mal zehn Jahre alt, ihr Bruder lag in einem Sarg, und sie wiegte sich vom einen Fuß auf den anderen, und ich dachte, daß in ihr etwas zerstört worden war, das niemals wieder ganz werden würde. Chef schickte mich für zwanzig Minuten an die Säcke, ich mochte das nicht, und das wußte er.

Ich durchquerte die Halle, im Ring beackerten sich zwei Jungs, ihre roten Handschuhe formten riesige Blasen am Ende ihrer Arme, sie waren hohlbrüstig und dunkelhäutig, ihre Gesichter steckten hinter Schutzmasken aus abgewetztem Leder, unter dem der Schaumstoff hervorquoll. Ihre Beinarbeit war schlecht, sie beschränkten sich darauf, einander planlos Haken auszuteilen, am Ende landeten sie immer Körper an Körper und malträtierten sich die Leber, wie in einer seltsamen Umarmung.

Ich bandagierte mir die Hände, zog die Handschuhe drüber. Ich ging zu den Sandsäcken, ein Typ war schon da und drosch mit bloßen Händen drauflos, er sagte, daß er das so lieber möge, mehr Gefühl hätte, daß mit Handschuhen alles verfälscht und abgedämpft sei. Mit jedem meiner Schläge schmerzten meine Fäuste und Arme mehr, der Sack gab die Wucht meiner Schläge doppelt und dreifach an mich zurück, erschütterte jede Faser meines Körpers, und es rüttelte mich durch, daß ich dachte, meine Knochen brechen. Ich war langsam, fühlte nichts, es tat fast weh, so als knirschte man auf Luft herum. Chef kreuzte neben mir auf und sagte, daß es heute nichts bringen würde, in den Ring zu steigen, daß mit mir nichts los sei, daß mir in meinem Zustand ein Zehnjähriger die Fresse polieren würde. Ich sagte, daß er mich mal könne, und verzog mich in die Umkleide. Drinnen stank es nach Schweiß, ein Typ stand unter der Dusche und ließ langsam ein ovales Stück Seife über seine Brust gleiten, dann über seinen Bauch. Ich ging zu den Toiletten, kotzen, ich wußte, daß es danach bessergehen würde, daß ich dieses wabblige Etwas in mir los sein und dieser Schleier verschwinden würde, der mich hinderte, den Sandsack, meine Hände, die Luft und die Bewegung zu spüren. Dann bin ich wieder reingegangen.

Ich hatte immer noch weiche Knie, und mein Magen brannte, aber ich gewann etwas an Tempo. Meine Kombinationen wurden hart, kraftvoll, präzise, wie ich sie mag. Chef schielte ab und zu rüber, nach einer Weile rief er, daß ich herkommen solle. Ich durchquerte die Halle, in den Flutscheinwerfern verbrannten Insekten und knisterten. Er sagte zu mir, okay, wir arbeiten ein bißchen an deiner Deckung. Er steckte mich zu einem Nervenbündel in den Ring, der zappelte wie verrückt. Chef sagte, so sind die Regeln: Du verteidigst und weichst aus, sonst nichts.

Der Junge war höchstens sechzehn. Er hieß Karim. Ich kannte ihn vom Sehen, Chef hielt ihn für eine der größten Hoffnungen des Vereins. Er fing an, mich zu umkreisen und kurze Rechte auszuteilen, er kam näher, doch ich durfte nichts dagegen machen, ich mußte konzentriert bleiben und seine Schläge antizipieren. Seine Fäuste trafen meine Handschuhe, manchmal meine Unterarme. Ich hielt eine Runde durch, ohne daß er einen Treffer landete. Chef meinte, daß ich mich nicht schlecht machen würde, für ein Wrack.

Von den Wänden blättert die Farbe. Ich starre auf die Risse, die Fehlstellen und ihren Verlauf. Auf den nackten Gips über der Matratze. Am Boden, auf dem stellenweise abgenutzten Parkett, haben sich ungleichmäßige Sechsecke gebildet, weiß auf der einen Seite, grau auf der anderen. Ich hab Schwefel im Bauch. Ich bräuchte was Kühles zu trinken, ein Bier oder so. Es ist Nacht, die letzten Passagiere steigen aus den Zügen, ich betrachte die verschlungenen Gleise, die Fluchtlinie der Masten und Stromleitungen.

Nach dem Training bin ich durch die Dämmerung gelaufen. Der Bahnhof wimmelte um die Uhrzeit, und ich bin im Regionalzug eingeschlafen. Sein Kreischen weckte mich wieder auf, das Gefühl der naßkalten schmutzigen Scheibe an meiner Wange spürte ich noch lange später. Als ich zu Hause ankam, war es dunkel, und Autoschlangen fuhren an mir vorbei. Ich hörte den Lärm der Motoren und das Geräusch der Reifen in den Pfützen.

Ich inspiziere die Verfallsdaten auf den Plastikverpackungen im Kühlschrank. Nichts mehr ist eßbar, aber ich habe sowieso keinen Hunger. Ich bin müde, und ich möchte einfach meinen Mund, meine Hände, meinen Körper mit irgend etwas beschäftigen. Auf der Kommode steht ein Fotoständer, dessen einzelne Halter aufgefächert sind wie die Strahlen einer Sonne. Wenn ich ein Foto herausnehme, fängt das ganze Ding an sich zu drehen. Ich betrachte meine Schwester, ihr leuchtendes Lächeln. Die kleine Mauer vorne und das Fahrrad, die Katze weiter hinten. Das Summen der Bienen und der Duft der Blumen, der Staub auf den Wegen und der Kies, auf dem man sich die Knie aufschlägt. Das war früher. Vor dem Reihenhaus. Das war das Haus aus dicken Steinen, die Gartenlaube und die Kletterrosen, die alten Holzmöbel und die Terrakottafliesen auf dem Boden, das schmale luftige Zimmer, das meine Schwester, mein Bruder und ich uns teilten, das waren die Stunden am Flußufer und das Umknicken auf den Kieselsteinen. Wir waren nachts oft draußen. Über uns durchlöcherten die Sterne die Dunkelheit, ich berührte den Feigenbaum mit den Fingerspitzen, zerrieb ein Blatt in der hohlen Hand, und der Duft blieb an ihr haften. Meine Schwester schnupperte an meiner Handfläche und lächelte. Wir nahmen die Räder, sie hatte ein wenig Angst, wollte es nur nicht zugeben, die erleuchteten Fenster zogen an uns vorbei, die Autoscheinwerfer und die Straßenlaternen der Nationalstraße, die, von großen Bäumen gesäumt, zwischen Fels und Wasser gezwängt war, das Gefühl der Geschwindigkeit verstärkt durch die Dunkelheit, das Surren der Reifen auf dem Asphalt, das Klicken der Kette in der Stille, die seltsame Farbe der Platanen auf dem Dorfplatz und der blasse Sand. Wir fuhren am Fluß entlang, und sein Rauschen füllte alles aus. Wir rauchten Zigaretten, sie legte ihren Kopf auf meinen Schoß.

Ich nehme den Hörer ab und wähle ihre Nummer. Guten Abend, hier ist Antoine. Störe ich? Nein, nichts. Ich wollte mich nur mal melden. Im Hintergrund höre ich eine Stimme, ich erkenne sie wieder, es ist der Typ, mit dem sie seit einiger Zeit zusammen ist, keine Ahnung, sie hat mir nicht viel davon erzählt, einmal wollte ich sie anrufen, und da ging er ran, da dachte ich, daß sie bestimmt schon halb zusammenleben, so genau will ich das gar nicht wissen, ich habe ihr nie viele Fragen gestellt.

»Wer ist dran?«

»Ach, nur Antoine.«

»Sag ihm, wir essen gerade.«

Ich legte auf, sagte guten Appetit, kleine Schwester, sagte tut mir leid, ich wollte dich nicht stören, sagte ich liebe dich kleine Schwester. Sie sagte ich dich auch Bruderherz, und in diesem letzten Satz erkannte ich für einen Moment diese frühere, noch unversehrte Stimme wieder, diese Stimme meiner kleinen Schwester, ein bißchen tollkühn, ein bißchen ängstlich, ziemlich brav und irgendwie auch durchgeknallt. Wir verbrachten ganze Tage damit, Insekten im grellen Sonnenlicht zu jagen. Runter zum Fluß, wo wir baden gingen. Sie war panisch, seit man ihr was von Schlangen erzählt hatte. Der abschüssige steile Pfad hielt die Familien von uns fern. Wir legten uns auf einen großen Felsen an eine Stelle, wo das Wasser tief war und smaragdgrün schimmerte. Von dort sprang ich hinein und sie hinterher, und wir erfanden alle möglichen Kunstsprünge. Dann waren wir Eidechsen und legten uns mit geschlossenen Augen in die Sonne, bis unsere Haut verbrannte.

Es gewitterte, und bis nach Hause war es noch ein ganzes Stück, sie sagte zu mir, daß wir nicht unter den Bäumen bleiben dürften, wir rutschten immer wieder weg auf dem Pfad, der zur Straße hochführte, unsere Knie waren voll Schlamm, die Erde aufgeschwemmt, und ich erinnerte mich an diese Höhle, als Kinder hatten wir uns immer dort versteckt, es war Jahre her, daß wir das letzte Mal da gewesen waren. Als wir am Höhleneingang ankamen, goß es wie aus Kübeln, ihr war kalt, wir schlangen die Arme umeinander, sie zog sich ihre Sachen aus, blickte mir fest in die Augen, ich fragte, warum sie so guckte, sie roch nach Brombeeren und Johannisbeerblättern, ihre Haare tropften, sie sagte nichts, hat nichts gesagt, hat weggesehen und mir eine Strähne aus der Stirn gestrichen, sie hatte Sommersprossen und eine Stupsnase, und ich werde nie diesen Blick vergessen, der mir fremd war und mich durchbohrte, ihre zarte Haut unter meinen Fingern, ihr Atem, der dampfend von ihren schmalen Lippen aufstieg, ihr Mund, der meinen Blick verschlang und alles war, was ich sah, die Worte, die sie mit ihrer heiseren und kindlichen Stimme vor sich hin sang.

Aber das ist alles Quatsch. Nur nicht dran rühren, das kommt von selbst immer wieder, da gibt es nichts zu verstehen. Ich schalte den Fernseher an, um einzuschlafen.

Ich sitze auf den Stufen vor der Kirche und rauche. Der häßliche würfelförmige Bau liegt an der Kreuzung eines Boulevards und einer Nationalstraße. Drinnen läuft die Zeremonie ab, völlig mechanisch. In der Aussegnungshalle ist mir ein Typ über den Weg gelaufen, der Sohn, und als er auf den Leichnam zuging, ist er gestolpert, hat sich an meiner Jacke festgeklammert und mich angestarrt. Er sagte zu mir, ich muß weg hier, ich schaff's nicht. Bestimmt dachte er, daß ich ihm gut zureden, ihn davon abhalten würde, zu gehen, ihm irgendwas von Trauerarbeit erzähle, von der Notwendigkeit, daß sich alle zusammenfinden. Ich sah ihm nach, wie er hinkend davonschlich. Als vor drei Monaten mein Vater gestorben ist, ging es mir genauso beschissen.

Bei seinem Begräbnis war ich besoffen. Beharrlich hatte ich eine Flasche nach der andern geleert, ich wußte, daß ich sonst nicht hingehen würde. Als ich ankam, warf mir mein Bruder seinen Großer-Bruder-Blick zu, einen herablassenden, vorwurfsvollen Blick, und ich ging zu ihm, um hallo zu sagen. Er stand aufrecht wie ein Holzpfahl und war spindeldürr. Er sagte, daß ich aufhören solle zu heulen. Er sagte es so, wie man einen Befehl gibt. Ich spuckte ihm ins Gesicht. Er stürzte sich auf mich. Er war krebsrot. Ich riß ihn an den Haaren, ich hätte ihm genausogut zwei Geraden verpassen können, hätte es wirklich tun können, aber er war mein Bruder, also prügelten wir uns wie zwei Weicheier, zerrten an unseren Klamotten und langten uns ins Gesicht. Irgendwann rief ihn seine Frau, pfiff ihn zurück. Er ließ los, zog seinen Anzug zurecht und klopfte sein Jackett ab. Ich machte mich Richtung Kirche davon. Alle schauten mich an.

Das letztemal, als ich meinen Vater sah, lag er im Krankenhaus, mein Bruder, meine Schwester und ich hatten um einen Termin gebeten, und der Arzt sagte, tja, das ist der Anfang vom Ende, diesmal ist es der Anfang vom Ende, natürlich bekommt er noch Bestrahlungen und die üblichen Sachen, aber das wird es nur hinauszögern, er wird langsam dahingehen, auf immer kleinerer Flamme, und seine Kräfte verlieren. Ich habe tief durchgeatmet, und wir sind ins Zimmer rein, mein Bruder, meine Schwester und ich. Mein Vater schlief, seine Haare klebten wie Bindfäden an seinem fleckigen Schädel. Er versank fast in seinem blauen Pyjama, ich wollte ihn an der Schulter berühren und habe nichts als Knochen gespürt.

Er schlief friedlich. Danach bin ich nicht mehr hin. Es war zuviel für mich, schon das Mal zuvor hatte er mich nicht mehr erkannt, und dann plötzlich doch, es fiel ihm wieder ein, er nannte mich Jean und sagte, es sei nett von mir, daß ich ihn besuchen käme. Jean war der Name seines Bruders, er war mit vierzig gestorben, und ich sah ihm ähnlich, die gebrochene Nase und die vorstehenden Wangenknochen, die hellblauen Augen, die Erschöpfung und die Traurigkeit. Tja. So war es, das letzte Mal.

Der Friedhof erstreckt sich entlang der Nationalstraße, etwa zwanzig verstörte Männer und Frauen gehen nacheinander an der Grube vorbei und werfen die Rosen hinein, die ich ihnen hingehalten habe. Bald ist es vorbei. Ich kenne diesen Friedhof, mein Vater liegt hier, ich habe Freesien gekauft und den Strauß auf sein Grab gelegt. Es befindet sich weiter hinten, versteckt unter einer räudigen gelblichen Tanne. Ich betrachte den Namen auf dem Marmor. Mechanisch streichle ich über den glatten Stein. Ich zünde mir eine Zigarette an, betrachte den eingravierten Namen, und ich weiß, daß da unten nur ein einziger Sarg liegt, ich weiß, daß Maman woanders begraben ist, aber ich kann nicht anders, ich kann sie mir nur aneinandergeschmiegt vorstellen, meine Mutter ein wenig zu ihm hingedreht, ihr Gesicht an seiner Schulter, so, wie ich sie tausendmal gesehen habe, an den Wochenenden, an den Nachmittagen, wenn sie ihren Mittagsschlaf hielten und die Sonne zwischen den zugezogenen Vorhängen ins Zimmer fiel und einen Lichtstreif schräg über die Bettdecke warf.

Jacques ruft mich. Antoine, wir müssen fertig werden hier, komm schon, das Loch muß zugeschüttet werden. Ich sehe den Leuten zu, wie sie sich entfernen, ich sage mir, bald ist es vorbei. Ich sage mir, bald werde ich nur noch ein Körper sein, der zuschlägt, mir wird warm sein, und die Schläge werden nur so prasseln. Es wird mir gutgehen. Ich gehe auf die Grube zu, mir wird immer schwindlig, wenn ich die Särge auf dem Grund und die ersten Schaufeln Erde sehe, die nach und nach das lackierte Holz bedecken. Eine Hand berührt meine Schulter. »Warten Sie, bitte, nur einen Augenblick«, es ist der Typ von heute morgen, der Sohn, ich höre auf, das Loch zuzuschütten, die anderen machen weiter, ich sage zu ihnen: »Hört mal kurz auf, Leute, nur einen Moment«, und dann stehen wir alle vier da und glotzen diesen Typen an, der zitternd auf das Holz starrt, das inzwischen fast vollständig mit Erde bedeckt ist. Er ist blaß, und man könnte meinen, er versuche zu begreifen, da, beim Anblick des mit Erde bedeckten Sargs, versuche zu begreifen, was das alles zu bedeuten hat. Ich würde gerne was zu ihm sagen, aber es gibt nichts zu sagen, es fängt an zu regnen, ein feiner Sprühregen, der mein Hemd benetzt, ich ziehe einen Flachmann mit Ballantine's aus meinem Jakkett, trinke einen Schluck und halte ihm die Flasche hin, er nimmt sie und schluckt mühsam, so wie man seine Tränen runterschluckt, mit zugeschnürter Kehle. Dann geht er, und Jacques meint zu mir: »Komischer Typ.« Ich antworte nicht, packe meine Schaufel und ramme sie in den Erdhaufen.

Es regnet auf das Bahnhofsgebäude der Gare d'Austerlitz, es ist dunkel, und ich laufe langsam und in gleichmäßigen Schritten, um meine Beine warm zu kriegen. Die Halle liegt hinter den Hochhäusern in einem alten Blechklotz mit rostigen Stahlträgern. Die Luft ist eiskalt, von meinen Lippen steigen Dampfwolken auf, und es hallt wie in einer Kirche. Das Wasser, das vom Dach tropft, verdunkelt hier und da den Beton, läuft die roten Stahlträger runter, bestimmt kommt es von der Dachverglasung, die mit Moos und Blättern und anderem Zeug bedeckt ist.

Da ist Chef, in seinem Trainingsanzug, mit seinem kahlen Schädel, seiner Mütze und der Kippe im Mundwinkel. Ich sage guten Abend zu Hélène. Sie sitzt ganz hinten in der Halle, an einem Schreibtisch, der für die Clubverwaltung reserviert ist, drückt eine Zigarette in einem Glas aus und zwinkert mir zu. Sie trägt ein Stirnband über den gefärbten Haaren.

Chef schreit mich an, er glaubt, das bringt mich auf Touren. Mir ist ein bißchen kalt, und der Typ gegenüber wiegt mindestens zwanzig Kilo mehr als ich, er ist langsam, aber ich weiß, daß ein einziger seiner Schläge ausreicht, um mich auf die Bretter zu schicken. Ich komme in Bewegung, es geht, ich bin gut drauf, ich umkreise ihn in Trippelschritten, jage ihm ein paar schnelle Geraden rüber, streife mehrmals sein Gesicht, versuche es mit einem Haken, treffe ihn, nicht voll, aber ich treffe ihn, ich höre die Stimme von Chef, er feuert mich an, er brüllt irgendeinen Schwachsinn, ich setze eine Kombination, eine Gerade in die Magengrube, dann einen rechten Haken, endlich, mir ist nicht mehr kalt, ich sehe seinen Körper und die Lichter der Scheinwerfer, er schützt sein Gesicht mit seinen Handschuhen, ich hämmere auf seinen Bauch ein, Hélène steht neben Chef, ich sehe die Lichter, sie läßt ihn ein Papier unterschreiben, der Typ probiert es mit ein, zwei Geraden, ich weiche aus, gehe auf Distanz, ich will nicht, daß er mir auf die Pelle rückt, Chef brüllt: »Scheiße, Antoine, was hängst du da rum, willst du boxen oder tanzen?«, meine Muskeln sind warm, meine Beine im Rhythmus, ich verpasse ihm eine Rechte, dann eine Linke, der Typ weicht zurück, ich jage zwei schnelle Linke hinterher, er weicht noch weiter zurück, ich setze einen Uppercut mit der Rechten drauf, ich dresche auf ihn ein, und der Typ beginnt zu wanken. Chef pfeift ab. Alles hört auf.

»Genug für heute, Antoine, geh an die Säcke und laß es locker angehen.«

Ich ziehe mir die Handschuhe aus, behalte die Bandagen um, Karim ist da, er grüßt mich mit einem Kopfnicken und schlägt weiter. Einige Minuten mach ich's genauso, dann habe ich die Schnauze voll. In Chefs Büro hole ich mir ein Bier aus dem Kühlschrank. Sein Spind steht halb offen, drinnen liegt seine große rote Tasche, in den Luftschlitzen der grauen Tür stecken Fotos seiner Kinder. Der Ältere hat den Mund geöffnet, als würde er gerade lauthals lachen oder eine Grimasse schneiden. Ihm fehlen mehrere Zähne. Der Kleinen ebenso, ihr Lächeln zeigt mehrere kleine schwarze Löcher.

Chefs Schreibtisch ist ein einziges Chaos. Stapelweise Kataloge und Rechnungen, Namenslisten und Zeitschriften. Auf einem Schild an der Eingangstür steht, daß hier Privatbereich ist. Auf einem goldgerahmten anderen Schild prangt eine durchgestrichene Zigarette. In seiner Tasche finde ich ein Päckchen Gauloises, ich nehme mir eine, der Aschenbecher ist randvoll. Sein Portemonnaie ist aus schwarzem Leder und noch fast neu, ich ziehe seinen Führerschein heraus, er ist mit Tesafilm zusammengeklebt, Chef lächelt auf dem Foto, und man erkennt ihn kaum wieder, auf seinem Kopf sind die Haare schon ziemlich spärlich, dafür im Nacken viel zu lang, auf dem Bild muß er so fünfundzwanzig sein.

»Laß dich bloß nicht stören.«

Chef zerrt seine Tasche aus dem Spind, knallt die Tür zu, schließt ab und sagt, ich geh kurz schiffen, und dann hauen wir ab.

Hinter der beschlagenen Scheibe ziehen orangefarbene Lichtkegel vorbei. Die Lichter der Ampeln sind Kreise mit flüssigen, unscharfen Umrissen. Drinnen ist es heiß, aus allen Ecken tönt Palaver, ich löffle meine Suppe, zwischen den Glasnudeln schwimmen ein paar schwarze Pilze. Die Luft ist schwül und warm, ich liebe diesen Geruch von Soja und Wasserdampf. Wir sind die einzigen Weißen hier, am Rand des dreizehnten Bezirks, kein Mensch spricht französisch, das Stimmengewirr ist ein unendlicher Klangteppich, ich mag es, in ihm zu versinken. Die Leute schnauzen sich über die Tische hinweg an, immer scheint es, als ob es gleich Ärger geben würde, dann ist plötzlich wieder Ruhe. Ich schaue mich um und betrachte den Wasserdampf auf den Spiegeln und die Fettpflanzen, zwischen denen grinsende Bronzebuddhas mit riesigen Bäuchen stehen.

Chef nimmt seine Mütze ab und bestellt sich gebratene Nudeln mit Gemüse.

»Sie sehen müde aus, Chef.«

»Laß den Quatsch, Antoine.«

Er haßt es, wenn ich ihn sieze und Chef nenne. Die Kellnerin schlängelt sich zwischen den Gästen hindurch und stellt das Tablett auf dem Tisch ab. Ihre Haut ist bleich, und ich schaue auf ihre Beine. Chef meint, es ist besser, wenn ich Samstag nicht arbeite, Chef meint, daß es nicht gut ist, am Kampftag zu arbeiten. Besser, ich steh ganz gemütlich auf, schieb mir 'ne Ladung Nudeln rein und geh 'ne Runde laufen. Danach: Duschen und Ausruhen bis zum Abend. Ich sehe ihm zu, wie er ißt und mir Ratschläge erteilt. Ich frage mich, was er hier verloren hat. Ich meine, was er hier um diese Uhrzeit verloren hat, nach dem Training, nach der Arbeit. Ich traue mich nicht, ihn zu fragen. Er hält inne und sieht mich merkwürdig an.

»Du hast echt einen beschissenen Job, Antoine.«

»Kann sein, Chef, aber es geht schon. Wie sagen die Kollegen: Ich lern das schon noch. Ich härte mich ab.«

»Ich weiß nicht, wie du das machst.«

»Ich mach's einfach, Chef. Ich mach's, so gut ich kann. Der Hit ist es nicht, aber da muß ich durch.

Und irgendwann such ich mir dann einen anderen Job.«

»Weißt du, Antoine, ich muß dabei immer an was denken. Bei der Beerdigung meines Bruders, keine Ahnung, aber da hab ich einen Haß auf diese Typen gehabt, die den Job gemacht haben, den du dir da antust. Am Ende sind wir alle um die Grube rumgestanden, und irgendwann hat einer von ihnen gemeint, wir sollten uns beeilen, sie würden sonst das Spiel verpassen. Wahrscheinlich sollte das ein Witz sein, aber ich hatte keinen Kopf dafür, ich hab ihm eine Rechte verpaßt, und er ging Walzer tanzen. Der Spinner ist mit dem Kopf gegen einen Grabstein geknallt und hat sich im Dreck gewälzt. Er hat Anzeige erstattet, und ich mußte zehntausend Piepen latzen. Was hättest du getan, an meiner Stelle?«

»Das gleiche, Chef. Klar hätte ich genau das gleiche gemacht. Heute war's der Sohn. Auf dem Friedhof hat er mich angestarrt, als ob ich den Alten auf dem Gewissen hätte. Weißt du, Chef, ewig werde ich diesen Mist nicht machen können.«

Ich hasse den Geruch des Morgengrauens, die Bahnstationen ziehen an mir vorbei, und meine habe ich längst verpaßt, ich merke es erst jetzt. Halb so schlimm, niemand wartet auf mich. Gestern abend saßen wir noch bis spät in die Nacht in dem Restaurant, die Chinesen spielten Mah-Jong, kippten ein Bier nach dem anderen und schrien rum, was das Zeug hielt. Chef hat mir angeboten, bei ihm zu übernachten. Seine Wohnung liegt gleich um die Ecke, im siebenundzwanzigsten Stock eines Hochhauses. Als wir ankamen, brannte überall Licht, die Glotze lief, ein Fernsehfilm oder so, und die Kinder schliefen nebeneinander, Kopf an Fuß auf dem Sofa. Auf dem Couchtisch, in einer Ketchuppfütze, stapelten sich die Reste ihres Abendessens auf einem Winnie-Puuh-Teller, es war eine ziemliche Sauerei. Chef berührte den Großen an der Schulter, der Junge wachte auf und gähnte, rieb sich die Augen und trottete in sein Zimmer. Als Chef die Kleine hochhob, verzog er das Gesicht und flüsterte mit rauher Stimme: »Verdammt, ist die schwer.« Die Kleine murmelte so was wie »Maman« und steckte sich den Daumen in den Mund. Chef trug sie wie einen Sack Kartoffeln, über die rechte Schulter geworfen. Er verschwand mit ihr im Flur und brachte sie ins Bett.

»Brauchst du irgendwas, Antoine?«

»Schon okay, Chef, ich weiß ja, wo das Bier steht.«

»Versuch zu schlafen, Kleiner. Denk an den Kampf.«

»Ich denk an nichts anderes. Was für Filme hast du da?«

»Rocky I, Rocky II, Rocky III, Rocky IV, Raging Bull.«

»Weißt du was, Chef?«

»Sag schon.«

»Du bist total bescheuert.«

»Gute Nacht, Antoine.«

»Nacht, Chef.«

Ich hörte seine Zimmertür quietschen und bald darauf sein Schnarchen.

Ich steige aus dem Zug, und das T-Shirt ist immer noch feucht. Meins hat nach Schweiß gestunken, und ich hatte nichts zum Umziehen dabei, Chef hat eins aus seiner Waschmaschine gezogen und gesagt, das würde wenigstens gut riechen. Ich habe schlecht geschlafen, ziemlich lange am Wohnzimmerfenster gestanden und die Lichter draußen in der Dunkelheit betrachtet. Unter den Straßenlaternen wirbelte der Staub. Irgendwann bin ich ins Kinderzimmer gegangen, sie schliefen beide. Die Kleine mit dem Daumen im Mund. Ich habe einen Comic aus dem Bücherregal gezogen, mich in den Sessel gesetzt und den Band aufgeschlagen, die ersten Seiten waren völlig zugekritzelt. Ungleichmäßige orangefarbene Filzstiftkreise, wahrscheinlich von der Kleinen. Der Große hatte sich darauf beschränkt, allen Figuren Schnurrbärte zu malen, Frauen und Tieren inbegriffen.

Die Katze streicht mir um die Beine und miaut. Ich gebe ihr zu fressen. Ich blicke nach draußen auf den Kirschbaum im Garten nebenan, auf das Gewirr der Schienenstränge. Ich höre das Auto, der Nachbar drückt das Tor auf, er fährt nicht gleich rein, raucht erst eine Zigarette. In der linken Hand hält er seine Schuhe, die Socken hat er in sie hineingestopft, die Hosen bis zu den Knien hochgekrempelt. Er erinnert mich an meinen Vater. Er muß so Mitte Fünfzig sein, er ist schmal, und sein Gesicht ist ausgemergelt, die grauen Haare nach hinten gekämmt.

Ich erinnere mich an seine Stimme an jenem Tag. Ich hatte ihn gefragt, wie's so geht. Er sagte, muß halt, Tonio, muß halt, dann fragte er: Und du, wie geht's dir? Ich hatte den Telefonhörer zwischen Ohr und Schulter geklemmt, draußen wurde es dunkel, mein Vater sprach mit belegter Stimme, ich stellte ihn mir vor, wie er da im Wohnzimmer steht, die Lichter sind gelöscht, und der Baum wiegt sich sanft im Fensterrahmen, ich fragte ihn, ob ich ihn geweckt habe, er sagte ja, aber das macht nichts. Und dann Schweigen, wie immer. Ich blickte auf die Gleise, auf die Weichen. Auf dem Bahnsteig B stand eine Frau und rauchte, sie wartete auf den Zug nach Paris. Mein Vater hustete ein wenig, ich fragte ihn, ob er krank sei. Er erzählte mir was von einer undichten Stelle, die er repariert habe, und von Rosenstöcken, die gut angegangen seien. Dann schwieg er wieder. Ich hörte sein Atmen am anderen Ende der Leitung, und wenn ich die Augen zumachte, konnte ich ihn sehen, ein wenig gebeugt, unter dem dunkelblauen Stoff seiner Jacke zeichnet sich seine Wirbelsäule ab, er kommt die Treppe runter, und seine

Haare sind noch feucht, Maman gibt ihm einen Kuß, und er setzt sich zwei Minuten hin, tunkt ein Stück Brot in seinen Kaffee, den er schwarz trinkt, ich bin acht oder zehn Jahre alt, und morgens küßt mich mein Vater auf die Stirn und zieht die Haustür hinter sich zu. Er läßt mich mit Maman, meinem Bruder und meiner Schwester in diesem zu stillen, kleinen und aufgeräumten Haus zurück. Nachdem er fort ist zur Arbeit, wirkt für einen Moment lang alles hohl und leer, die Welt gerät ins Stottern und hält inne. Dann rennen meine Schwester und ich zum vorderen Fenster, dem zur Straße raus. Wir winken ihm hinterher. Er dreht sich um, sieht uns und winkt zurück. Er bückt sich, reißt einen Grashalm heraus und steckt ihn sich zwischen die Zähne. Wir können ihn nicht mehr sehen, doch wir wissen, daß er gleich die Tür des Wagens aufmacht, der hinter der Böschung parkt. Er kaut auf einem Blatt Minze herum, grüßt den Nachbarn, der auf seiner Veranda hockt und Kartoffeln schält. Ein Alter mit zahnlosem Lächeln und einem so starken Akzent, daß selbst wir, die wir von hier sind, nur die Hälfte von dem verstehen, was er sagt. Ein Alter, und er ist uns egal. Wen kümmert schon sein Gebrabbel? Jeden Abend, wenn Papa nach Hause kommt, legt er seine Zeitung auf die Anrichte am Eingang. Seine Kleider sind flekkig und die Haare voller Staub. Wir hören ihn nicht reinkommen, er umarmt uns, legt seine schrundigen Finger auf die Wange meiner Schwester und streicht ihr eine Strähne, die sich aus ihrer Plastikspange gelöst hat, hinters linke Ohr, dann gibt er meiner Mutter einen flüchtigen Kuß auf die Lippen. Nachdem er sich umgezogen hat, kommt er zu uns ins Wohnzimmer, rubbelt uns kräftig die Köpfe so wie beim Haarewaschen. Er spricht kein Wort, in seinen Augen huscht ein erschöpftes Lächeln. Wir essen vor dem Fernseher. Um zehn müssen wir oben auf unseren Zimmern sein, nur mein Bruder nicht, der darf bis Mitternacht aufbleiben. Noch auf der Treppe, dann auf unseren Zimmern lauschen wir den Gesprächen von unten. Wir halten die Luft an und geben keinen Mucks von uns. Oft brechen wir in Gelächter aus, und unser Vater brüllt: »Schlaft ihr immer noch nicht?«, und droht, nach oben zu kommen und uns die Ohren langzuziehen. Ist uns doch egal. Wir leben, und basta.

Am anderen Ende der Leitung hat mein Vater wieder gehustet. Dann sagte er: Tonio, ich habe Krebs. Der Zug nach Paris fuhr ein. Es war ein alter silberner Regionalzug. Die Frau hat ihre Zigarette fortgeworfen. Sie ist eingestiegen und hat sich hingesetzt. Ihren Kopf an die Scheibe gelehnt. Ist auch egal. Er ist tot.

Ich ziehe meinen Trainingsanzug an. Es regnet, und mit dem rechten Fuß trete ich immer wieder in eine Pfütze. Die Brücke wölbt sich über die Seine, ich laufe den schmalen Bürgersteig entlang, meine Hose ist unten naß und dreckig. Der Fluß ist gelb, die Wasseroberfläche sieht aus wie eingeschweißt, ein Lastkahn transportiert riesige Mengen von Sand. Auf der engen Treppe sammelt sich Laub, ich passe auf, ich kenne das, beim kleinsten Schauer rutscht man aus. Die Grünanlagen sind menschenleer, der Teich ist glatt und dickflüssig, Regen peitscht mir ins Gesicht. Ein alter Mann geht in langsamen Schritten, ich überhole ihn, er mümmelt an einem Zigarettenstummel, und sein Hund läuft vor ihm her. Ich laufe den brachliegenden Baugrund entlang, der Regen wird heftiger, ich bin naß bis auf die Haut. Ich überquere einen Fußballplatz, auf dem drei Jungs im Regen spielen, Autos fahren vorbei und bespritzen den Bürgersteig.

Der Boden ist voller Kippen, Sägemehl und weißer Zettel. Die Wirtin küßt mich rechts und links, und ich setze mich ans Fenster. Sie stellt mir einen doppelten Espresso und ein Glas Calvados hin, fährt mir mit der Hand durch die nassen Haare und sagt, daß ich mich erkälten werde. Ich trinke abwechselnd Kaffee und Alkohol, alles vermischt sich, ich spüre, wie es in meinen Adern brennt und durch meine Glieder strömt. Die Wirtin schenkt mir Calvados nach, sie sagt, der ist für dich. Wir sind allein im Café, und sie blickt auf die beschlagenen Fensterscheiben und die grauen und gelben Schleier der wenigen Autos, die vorbeifahren, mit eingeschaltetem Abblendlicht. Im Radio geht ein Lied zu Ende, ein berühmter Schauspieler preist die Verdienste irgendeiner Bank, ich glaube, es ist François Cluzet, aber es ist mir auch egal, ich denke sowieso an was anderes.

Über den Gleisen reißt der Nachthimmel auf. Die Bahnsteige sind menschenleer, und die Züge halten für niemanden. Bald wird alles aufhören, und ich kann endlich schlafen. Die Wolken sind perl- oder mausgraue Kondensstreifen, seltener kohlefarben, und manchmal, wenn Vollmond ist, leuchten sie seltsam weiß. Heute abend ist es so, und der Himmel ist beinahe blau. Ich ziehe mich aus, zünde mir eine Zigarette an, den Sessel habe ich ans Fenster gezogen. Die afrikanische Maske sieht unheimlich aus.

Als ich vorhin nach Hause kam, hat der Anrufbeantworter geblinkt. Ich habe ihre heisere Stimme sofort erkannt, eigentlich gleich beim ersten Wort oder sogar noch davor, sie sagte, hallo Bruderherz, sie hätte irgendwas sagen können, es tat mir gut, sie zu hören, sie sagte, es wäre schön, wenn wir uns mal wieder sehen würden, was trinken gehen, es täte ihr leid wegen neulich, sie würde später noch mal anrufen. Mehr sagte sie nicht, aber das war okay, ich war froh, daß sie angerufen hat, in letzter Zeit kam das immer seltener vor, die Abstände zwischen ihren Anrufen wurden unmerklich immer größer.

Ich bin fix und fertig, Chef hat mich nicht geschont, über eine Stunde an den Säcken, dreißig Minuten Springseil, noch mal so lange Schattenboxen, und zum Schluß, für die Feineinstellung, wie er sagte, stieg er höchstpersönlich in den Ring, er, Chef, in seinem alten Trainingsanzug, mit seinem kahlen Schädel, hat sich ein Paar Handschuhe übergezogen, und ich stand ihm gegenüber, es war das erstemal, er sagte, komm schon, Kleiner, komm, schlag zu, keine Angst, aber ich konnte nicht, ich begnügte mich damit, auf und ab zu hüpfen und ein paar trockene Schläge rüberzuschicken, die seine Handschuhe streiften, die er sich vors Gesicht hielt. Er bewegte sich kaum, ich sah seine Augen, seine seltsame Art, mich anzusehen, die Haare auf seiner Brust, die aus seinem roten T-Shirt mit V-Ausschnitt rausquollen, ich fing mir einen linken Haken, meine Kiefer schlugen krachend aufeinander, ich stützte mich mit einer Hand am Boden ab, fand mein Gleichgewicht wieder, kam wieder hoch, und er stand einfach da, aufrecht, auf beiden Beinen, die Deckung oben, er sagte, komm schon Kleiner, hör auf, Löcher in die Luft zu gucken, du bist hier nicht im Zoo, du bist hier, um zu boxen, also box, verdammte Scheiße.

»Ich kann nicht, Chef.«

»Wie, du kannst nicht?«

»Keine Ahnung, ich schaff's nicht. Ich kann dich nicht schlagen, Chef.«

»Was soll der Quatsch, Antoine. Reiß dich zusammen, ich bin doch nicht dein Vater, mensch, ich bin da, um dir das Boxen beizubringen, also wirst du boxen, Kleiner. Du bezahlst mich dafür, also vergiß, daß ich es bin, stell dir einfach vor, ich bin ein Typ, den du nicht abkannst, und dann probieren wir's noch mal.«

Wir haben es noch mal probiert, aber toll war's nicht, Chef sagte, okay, das reicht für heute, gehen wir was essen. Außer uns war keiner mehr in der leeren Halle. Unsere Stimmen hallten. Draußen dämmerte es, und das chinesische Viertel begann zu leuchten und zu glitzern. Wir gingen langsam und schweigend an den Schaufenstern entlang. Wenn einer von uns seine Spur nicht hielt, berührten sich unsere Schultern. Ich mochte die rosafarbenen Neonlichter und die Kalligraphien, die etwas kitschigen Blumen, die Buddhas mit den runden Bäuchen, die Läden mit Mangas und Teekannen, das Gemüse und die seltsamen Früchte, die Kleider aus bedruckten Blumenstoffen, seidig glänzend, in satten Farben, nachtblau, knallrot, wassergrün, die schrillen Gemälde und die Tuschezeichnungen, die aufgereihten winzigen Videogeräte, die Karaokekassetten, auf denen milchhäutige Pärchen sich Lebewohl sagen, der Kerl zieht in den Krieg, und sie bläst Trübsal, die Kung-Fu-Filme und die chinesischen Götter, dazu all diese Typen mit ihren hohen Stimmen und den schnellen Wortkaskaden, die ich nicht verstand, die Haut der Mädchen mit ihren zierlichen Körpern, schmalen Taillen und verborgenen Brüsten. Das Restaurant war dampfig und duftgesättigt, die Tische zusammengeschoben, ein paar Typen riefen sich quer durch den Raum zu, hauten Karten auf die Tische, rückten Spielsteine hin und her, lachten, daß man ihre Zahnreihen sehen konnte. Wir bestellten Suppe, und der Lärm der Stimmen übertönte die Musik. Ein Mädchen fragte uns, ob sie sich an unseren Tisch setzen könne, woanders sei nichts mehr frei. Sie sah müde aus, sie war blaß, und unter ihren Augen hingen halbmondförmige Schatten.

Während sie aß, beobachtete sie mich, manchmal lächelte sie mir zu. Irgendwann hob sie ihre Hand an mein Gesicht und zeigte auf mein blaues Auge.

»Wie ist das passiert? Eine Schlägerei?«

»Halb so wild. Hab einen abgekriegt.«

Chef stellte klar, daß ich Boxer sei, er sagte es mit einem komischen Lächeln, und ich gab ihm zu verstehen, daß er die Klappe halten solle.

Bevor sie wieder aufstand, fragte sie nach meinem Namen und wann der nächste Kampf sei. Sie heiße Su und sei fast jeden Abend in diesem Restaurant. Ich sah ihr nach, wie sie rausging und von der Dunkelheit verschluckt wurde.

Ich war spät dran, Jacques warf mir einen fiesen Blick zu, er hatte sich schon allein an die Arbeit gemacht. Er sagte, ich mach das hier fertig, du kümmerst dich um die Angehörigen. Sie waren zu zweit, der Ehemann war an die Neunzig, die Tochter vielleicht siebzig. Der Mann trug einen zerknitterten anthrazitfarbenen Dreiteiler, früher muß er sehr groß gewesen sein, jetzt hielt er den Oberkörper gebeugt, beim Gehen hob er die Füße kaum hoch, und die Sohlen seiner Lackschuhe schlurften über das Linoleum. Ich bot ihm meinen Arm, er hielt sich bei mir fest, und ich war überrascht, wieviel Kraft er noch hatte. Wir kamen voran wie ein Schlittschuhläuferpaar in Zeitlupe, die Alte schneuzte sich in ein bedrucktes Stofftaschentuch. Im grellen Licht der Aussegnungshalle, mit der kaum hörbaren Untermalungsmusik, mußte ich wieder an meinen Vater denken, ich erinnerte mich daran, wie ich damals nicht in der Lage gewesen war, ich hatte es nicht gekonnt, es tat zu weh, und wozu soll das gut sein, einen kalten und weißen und toten und eingefallenen Körper zu betrachten, wozu soll das gut sein, so was zu sehen, da gab es nichts zu sehen, da war nichts mehr, sein Körper war zweifellos weiß und kalt, knochig und abgemagert, ich wollte das nicht sehen, da gab es nichts mehr zu sehen, schließlich war er tot.

Ich öffnete die Tür. Jacques stand neben dem offenen Sarg. Der Alte ließ meinen Arm los, schlurfte langsam vorwärts, und ich sah sein Gesicht über den Sarg gebeugt und drinnen den winzigen Körper seiner Frau. Er weinte, mir ist schleierhaft, warum sich die Leute so was antun. Ich habe ihn beobachtet, und es kam mir nicht in den Sinn, an ihr gemeinsam verbrachtes Leben zu denken, diese lange Zeit, mit allem, was dazugehört, ich habe diesen alten Mann beobachtet, wie er seine Hand auf die Haare einer Toten legte und ihr mit zitternden Fingern über die Wange strich. Er ist einige Augenblicke so verharrt und hat sich dann zu mir umgedreht. Schweigend gingen wir wieder hinaus.

Eine Totenmesse gab es nicht. Bevor ich das Leintuch wieder über den Sarg mit den Blumen legte, hat mir der Alte diesen Satz ins Ohr geflüstert: »Wir haben nie an Gott geglaubt.« Ich weiß nicht warum, aber dieser Satz hat mich verwundert. Ich habe auch nie an Gott geglaubt, und vielleicht habe ich sogar niemals auch nur daran gedacht, an ihn zu glauben.

Wir hievten den Sarg aus der Halle, wir trugen ihn zu zweit, Jacques und ich, und der Alte und seine Tochter gingen hinter uns her. Sonst war niemand da. Jacques sprach die üblichen Trauerformeln, und wir schoben die Seile unter. Beim Herablassen krachte die obere Kante des Sarges gegen die Grubenwand, das gab ein dumpfes Geräusch. Der Alte und seine Tochter traten vor und warfen jeder einen Strauß Margeriten hinab, denn »Maman liebte Margeriten«, wie mir die Tochter anvertraut hatte, und das war's dann auch. Wir standen fast eine Viertelstunde ums Grab herum und starrten auf den Sarg und die Grube. Jacques rauchte eine Zigarette und schaute ins Leere. Ich teilte der Tochter mit, daß sie in zwei Stunden wiederkommen könnten, das Grab würde dann fertig sein und die Grabplatte angebracht. Sie nickte, hakte sich bei ihrem Vater unter, und wir sahen ihnen nach, wie sie sich mit schleppenden Schritten entfernten. Dann haben wir uns wieder an die Arbeit gemacht.

Plötzlich gingen alle Lichter aus, und der Bahnhof und die Gleise verschmolzen mit dem Dunkelgrau der Nacht. Der Himmel änderte die Farbe. Das Telefon hat geklingelt, es war Chef, der mir noch mal Uhrzeit und Adresse durchgeben wollte und fragen, ob alles klar sei, ich hab ihm einen schönen Abend gewünscht und aufgelegt. Ich schenkte mir Sake ein in eine winzige Tonschale, die Mikrowelle piepte, der Teller war glühend heiß. Im Vorbeigehen brachte ich den Fotoständer zum Rotieren, und meine Schwester war sechs oder sieben Jahre alt, sie lächelte, und der Hintergrund war vom hellen Licht verschluckt, ihre Haare waren fast rot, sie war sechs oder sieben Jahre alt, sie sagte erzähl, erzähl weiter, wir versteckten uns unter dem Bett, es war schön unterm Bett, wir machten die Augen zu und lauschten auf die Geräusche im Haus, Äste scheuerten an den Mauern, draußen bellte ein Hund, das Holz knackte, wir lagen aneinandergeschmiegt in unserem Versteck unterm Bett, wir konnten stundenlang so bleiben, wir machten die Augen zu, und sie hielt meine Hand, sie beugte sich über mich, und ich spürte ihren warmen, etwas säuerlichen Atem, sie drehte sich zu mir, sie sagte erzähl, und leise murmelnd erzählte ich.

Ich zündete mir einen Joint an, spielte ein bißchen mit der Flamme des Feuerzeugs, und die Stille und die Nacht verstärkten das Klicken. Ich mochte das knisternde Geräusch des brennenden Grases und die Art, wie sich das Ganze in meine Lungen schlich und auf dem Weg dorthin alles zu öffnen schien und mich mitten in einen perfekten Sommer eintauchen ließ. Ich rauchte vor mich hin, und es war still und gut.

Ich öffnete den Brief. Er lag schon seit gestern auf der Kommode. Ich hatte ihn unter den Buddha geschoben. Ich ließ meine Hand über das Holz und sein Gesicht gleiten, über den goldenen Schimmer. Auf der Rückseite des Umschlags stand der Name meines Bruders. Seit der Beerdigung hatten wir uns nicht mehr gesehen. Wir waren Fremde, das störte mich nicht, es war immer schon so gewesen, allenfalls hatten wir eine Zeitlang im selben Haus gewohnt, dieselben Eltern gehabt. Ich dachte nie an ihn. Der Brief war getippt, und das paßte zu ihm, mir auf diese Weise zu schreiben, in diesem präzisen und kalten, amtlichen Stil. Mein Bruder informierte mich über den Verkauf von Papas Haus. Wir sollten die Zimmer leer räumen, er selbst wolle nichts von all dem Zeug, und er forderte meine Schwester und mich auf, noch vor Ende des Monats hinzufahren. Ich faltete den Brief zusammen und zündete den Joint wieder an, der inzwischen ausgegangen war.

Das Haus war klein und lag in einer ruhigen, recht schmalen Straße, die von Pflaumenbäumen gesäumt war. Der Garten ging nach hinten raus, an den Betonmauern hatte mein Vater Kletterrosen und Efeu gepflanzt. Vom Küchenfenster aus, dem, das zur Straße hin lag, sah man die Blätter einer Birke im Wind flirren, die zwischen einer Zementplatte und einem Gitter hervorwuchs. Mein Vater liebte diesen Baum, dessen Stamm immer dünner und dessen Äste immer biegsamer wurden, je mehr er in die Höhe schoß. In seinem Zimmer im ersten Stock hatte mein Vater sein Bett so gestellt, daß er ihn sehen konnte. Die Wände waren braun tapeziert, und auf der Kommode lagen ein paar Bücher und Unterlagen. An die Wand war ein Bilderrahmen genagelt, in dem ein Dutzend alter Fotos teilweise übereinanderhingen. Da war ich, als Kind, immer begleitet von meiner Schwester, mein Bruder tauchte auch auf, alleine oder an Mamans Seite, in der Gartenlaube, am Tisch, Maman im blauen Kleid und mit Schürze, mein Bruder im T-Shirt und damit beschäftigt, Gemüse zu schälen, das auf einem Geschirrtuch liegt. Da war auch ein Foto von meinem Vater, in Badehose, wie er auf einem Felsen steht, das Wasser darunter übersät mit funkelnden Lichtreflexen.

Ich griff zum Telefon, es war schon spät, die Lichter am Bahnhof waren lange aus, und ich weckte sie. Ich erzählte ihr vom Kampf und von Papas Haus, wir würden zusammen hinfahren, sie wollte auch nicht alleine hin, sie konnte sich auch nicht vorstellen, alleine in der Stille rumzukramen, konnte sich nicht vorstellen, wie sie vor dem geöffneten Büfett auf dem gefliesten Boden hockte, mit Unterlagen, Fotos, lauter Krimskrams um sie herum.

Auf der Tribüne sah ich erst Chef und dann dieses Mädchen, Su, die versprochen hatte zu kommen. Sie winkte mir zu, ich reagierte nicht, versuchte, mich zu konzentrieren und meine Muskeln zu lockern, Schultern, Arme, Nacken. Geschmeidig zu bleiben, trotz der Anspannung. Das gleiche mit den Beinen. Auch den Kopf frei zu kriegen, die Leichen die Kadaver die Särge und all diese Menschen vergessen, auch meinen Vater, vergessen, daß meine Schwester nicht auf der Tribüne saß, zumindest konnte ich sie nirgends entdecken, sie war sich nicht sicher gewesen, ob sie würde kommen können, sie hatte gesagt, ich weiß noch nicht, aber ich werd's versuchen, ja sie würde es versuchen, aber nein, meine Schwester war nirgends zu sehen, besser nicht drüber nachdenken jetzt, Wut, Trauer, das ist verschwendete Energie, Konzentration, die den Bach runtergeht, sich sammelt und zerplatzt wie eine Blase, das ist das kleine Einmaleins der Chemie, man muß die perfekte Balance haben, ruhig atmen und alles aus sich herauslassen, jeden Muskel spüren und die

Haut darüber, jedes Rädchen im Getriebe, nur das sein, eine gut geölte Maschine, wenn sie sich festfrißt, ist es aus, die Glieder müssen unabhängig funktionieren, das Blut und die Muskeln, nichts als ein Körper sein. Der Ansager fing an, seinen Schwachsinn vom Stapel zu lassen, gleich ging's los, an nichts mehr denken jetzt, das ganze Bewußtsein in Fäuste und Arme und Beine lenken und dort konzentrieren.

Ich stieg in den Ring, der Ringrichter pfiff, und in diesen Momenten denkt man nicht mehr, man ist eins mit der Bewegung und der Präzision der Schläge, der Wucht der Fäuste und der kassierten Treffer. In diesen Momenten kommt es mir so vor, als würde ich vor irgend etwas entwischen, wovor, weiß ich nicht.

Es ist soweit, ich bin ein Körper in Bewegung, ich bin ein Körper, der zuschlägt und einsteckt, ich höre Stimmen, ich versuche nicht mehr, sie zu unterscheiden oder zu verstehen, was sie sagen. Ich höre meinen Namen, ich höre Chef, das Mädchen, jetzt endlich höre ich nichts mehr, ich bin eins mit dem Rhythmus meines Körpers, bewege mich in Trippelschritten, tänzele, meine Schläge sind präzise, alles in mir ist angespannt, der Typ gegenüber erwischt mich ab und zu, aber seine Schläge sind wirkungslos, meine sind härter und aggressiver, und mir wird warm, ich fühle mich wohl, ich spüre jeden Nerv, ich fühle mich gut, er trifft mich im Gesicht, Blut läuft mir in die Augen, aber das macht nichts, das ist nur Blut, es geht mir gut, ich bin ein Körper im Sommer, ein aufgeladener Körper, es ist heiß, ich fühle mich wohl, ich spüre jede Pore meiner Haut, jede Faser meiner Muskeln, ich schlage zu und mach ihn fertig, ich fühle mich gut, ich schlage zu, seine Deckung bröckelt, und ich spüre, wie er nachläßt, das Gleichgewicht verliert, ich spüre, wie er schwächer wird, nicht mehr pariert, und alles wird schneller.

Wir waren allein in der Halle, ein Geruch aus Schweiß und Seife hing in der Luft. Die Wände waren gefliest und kalt an meiner Haut. Das Mädchen beobachtete mich, ich hielt meinen Kopf in den Händen. Als ich aufblickte, sah ich ihre nackten Beine und ihre Augen, die meine viel zu großen glänzenden Shorts musterten. Sie waren ausgefranst, und ein paar Fäden hingen lose herab. Das war meine Katze, sagte ich, diese Hose hat sie zum Fressen gern. Sie lachte, es war ein spitzes Lachen, und meine Schwester war nicht da.

Ich fing an zu heulen. Chef redete mit schneller, hektischer, mechanischer Stimme auf mich ein, ich glaube, es war ihm unangenehm; er schämte sich, er sagte, Antoine, was ist los mit dir, reiß dich zusammen, du hast gewonnen, verdammt, komm runter, du hast ihn k. o. geschlagen, laß uns das feiern, ich lad dich ein, ich lad euch beide ein, ich spendier uns ein feines Restaurant. Ich sagte, tut mir leid, zog einmal kräftig die Nase hoch und sagte, geht schon wieder, das sind nur die Nerven.

Zu dritt gingen wir nach draußen in die regnerische Nacht. Ein Taxi spritzte mich naß, Neonschriftzüge spiegelten sich formlos in den Pfützen. Das Restaurant war brechend voll und dunstig. Wir badeten im Wasserdampf und dem Duft von grünem Tee und Jasmin. Wir kriegten keine Luft, und das tat gut, wie Weinen oder Einschlafen. Su wurde von sichtlich angeheiterten Typen angemacht. Chef wirkte abwesend, er summte vor sich hin und guckte auf seinen Teller. Wir redeten nicht, wir saßen nur da in diesem Dunst, wir schlürften Nudeln, Su lächelte mir von weitem zu, es war lärmig, es war schön.

Chef schaute mich an, ohne was zu sagen, seine Augen glänzten komisch, einen Moment verharrte er so, und dann ging's los, dann fing er an zu reden, seine Exfrau hatte ihn nachmittags angerufen, um die

Details zu klären, die Übergabe der Kinder, den Unterhalt, all diese Dinge. Chef sagt zu mir, es ist schon seltsam, sie wohnt gleich um die Ecke, und trotzdem klang ihre Stimme so weit weg, als würde sie ersticken, ich hab's genau gehört, ihre zugeschnürte Kehle, ihre belegte Stimme und all diese Worte, die sie kaum rausbrachte, ich hab's deutlich gehört, und es tat weh, das zu hören, wir beide mit einem Kloß im Hals, jeder an seinem Ende der Leitung. Weißt du, Antoine, ich denke oft, daß wir einen Fehler gemacht haben, daß eigentlich noch immer alles wie vorher ist, außer eben, daß sie nicht mehr da ist, außer, daß wir uns nicht mehr aneinander anlehnen oder irgendwie füreinander da sein können, und das ist vielleicht das Schlimmste, allein zu sein und sie da drüben zu wissen, ein paar hundert Meter entfernt, mit Kloß im Hals, und sie nicht trösten zu können. Chef sagt auch, daß seiner Ansicht nach die Ehe vor allem dazu da wäre, sich gegenseitig Trost zu spenden, oder daß sie jedenfalls irgendwann zu so etwas werden würde, einer Art Trostspendefirma, und er wüßte gerne, warum man sich eigentlich dagegen wehren sollte. Er fragt mich, was ich dazu meine, und ich meine gar nichts dazu.

Das Abendessen zog sich in die Länge, und wir ließen uns zu einer Partie Poker überreden. Die Chinesen stellten uns ein Bier nach dem anderen hin. Sus Freunde waren voll und grölten draußen auf der Straße vietnamesische Lieder. Sie ist zu mir gekommen, hat meinen Nacken geküßt und sich neben mich gesetzt. Ich bewegte langsam meine Karten hin und her, meine linke Hand wanderte ihren Oberschenkel entlang, manchmal glitten meine Finger unter ihr schwarzes Kleid. Chef gewann tausend Kröten, ich verlor fünfhundert, er gab alles mir und sagte, ein Geschenk für deinen Sieg, such dir ein Hotel und nimm Su mit.

Ich öffnete das Fenster. Der Regen auf der Fahrbahn und den Autodächern, die Motorengeräusche und Polizeisirenen in der Ferne, das Gegacker der beiden chinesischen Nutten auf dem Gehsteig, all das erzeugte einen sanften Lärm, der mir gefiel. Ich ließ mich aufs Bett fallen und machte den Fernseher an. Es lief ein Tennismatch. Leaton Hewitt erteilte dem alten Sampras eine Lektion. Es sah aus, als würde er dreimal so hart schlagen, doppelt so schnell rennen. Man brauchte nicht länger zuzugucken, er würde sich die Schüssel holen. Su war im Bad. Ich nahm mir ein Fläschchen Ballantine's aus der Minibar. Su stand plötzlich da, sie war nackt, und ihre Haut schimmerte weiß und seidig im grellen

Licht. Ich küßte ihren Bauch und ihr Geschlecht, sie nahm meins in den Mund, mir liefen Schauer über den Rücken, und ich spürte auf unglaublich genaue Weise die Sanftheit ihres Körpers auf meinem. Sie legte sich auf den Bauch, ich drang mit einem Stoß in sie ein, und sie stieß einen spitzen Schrei aus.

Am nächsten Tag habe ich nachmittags Chef getroffen, wir sind was trinken gegangen. Ihm ging es nicht gut, er sagte, du kannst dir nicht vorstellen, wie allein ich jetzt bin, und dann ist sie heute morgen gekommen, um die Kinder zu holen, es war schrecklich, wir trauten uns nicht, uns anzusehen, und ich hätte sie gern in den Arm genommen. Ich wußte nicht, was ich sagen sollte, wir wechselten die Bar und tranken weiter. Ich schenkte ihm mehrmals nach, und er gab erschöpfte Seufzer von sich. Irgendwann sagte er, daß er stolz auf mich sei.

II

Die Zeit der Loslösung

Murat

Der Sarg schnitt mir in die Schulter, meine Hände krampften sich um die Griffe, meine Fingergelenke schmerzten, und als wir ihn runterließen, spürte ich, wie die Kraft aus meinen Armen wich. Es gab ein dumpfes Geräusch, als der Sarg auf dem Boden aufschlug, und ein Raunen ging durch die Versammlung. Jacques sagte, paßt schon, nicht weiter schlimm, wir machten weiter, für Jacques war so was nie weiter schlimm. Wir traten beiseite, ein großer Typ ergriff das Wort, er war hager, und alles an ihm war grau, seine Haare, sein Anzug, seine Haut. Er fing an, über seine Mutter zu sprechen, die am Donnerstag von uns gegangen ist, ich steckte mir eine Zigarette an und machte ein paar Schritte, um mir die Beine zu vertreten. Der Himmel war weit und das Licht intensiv, die Gräber leuchteten. Trotz des Laubs und der Statuen, der Blumen und des Restes konnte ich diesem Ort nichts Schönes abgewinnen, er war wie alle anderen Friedhöfe, auf denen ich bisher zu tun hatte. Ich habe noch nie kapiert, wie man auf einem Friedhof spazierengehen, zwischen Grabsteinen und Familiengrüften umherschlendern kann wie ein Tourist.

Ich habe mich noch etwas weiter entfernt, die Rede würde ewig dauern, die Stimme des Typen bebte, und ich dachte, daß Jacques ihn bestimmt lächerlich findet, Leute, die in Tränen ausbrachen, so was fand er immer lächerlich. Wahrscheinlich sagte er das, um abgebrüht zu wirken, um sich zu schützen, denn da braucht man sich nichts vorzumachen, all das holt dich irgendwann ein, geht dir an die Gurgel, es steckt einen auf seltsame Art an, und auf einmal steht man da mit dem Kloß im Hals und fängt an, Tote zu beweinen, die man nie gekannt hat.

Ganz hinten, am Ende des Friedhofs, da war sie, das kleine blonde Mädchen von neulich, sie war allein und wiegte sich vom einen Fuß auf den anderen, und ihre Lippen bewegten sich langsam, sie hatte noch immer ihren großen schwarzen Mantel an, und ich beobachtete sie, wie sie vor sich hin murmelte oder sang.

Jacques hat mich gerufen, wir mußten uns wieder an die Arbeit machen.

Nach der Beerdigung war ich noch mal kurz im Büro. Ich habe ein paar Papiere ausgefüllt und eine

Akte ergänzt. Im Restaurant gegenüber wartete meine Schwester auf mich. Sie trank einen Kaffee, ich konnte sie von hier aus sehen, ihr Kopf lehnte an der Scheibe, die Sonne schien ihr ins Gesicht, ab und zu rieb sie sich mit der Hand über die Augen. Ich sah auf die Uhr, es war okay, meine Zeit war rum. Ich räumte die Akte in die oberste Schublade, steckte den Kuli in den Stifthalter und leerte den Aschenbecher aus. Ein Typ kam in den Laden und warf einen Blick auf die Tafeln, sah sich einen Kranz aus der Nähe an, ich sagte, er solle sich an Jacques wenden, und ging.

Claire lächelte mich an, ich umarmte sie und spürte den Duft ihres Parfüms und ihre Haare an meiner Wange. Sie sagte, daß ich schlecht aussehe, ich habe einen Teint wie ein Totengräber, fügte sie hinzu. Wir gingen nach draußen, sie lief neben mir her und hakte sich unter. Die Sonne kam raus, der Himmel war blaß und flüssig, sie sprach mit leiser Stimme, manchmal berührte ihr Kopf meine Schulter.

»Was ist das denn?«

»Mein Auto.«

»Du hast dir ein Auto gekauft?«

»Ja, warum. Das heißt, eigentlich war's Pierre, er hatte keine Lust mehr auf seinen alten Panda, also hat er ein neues gekauft, so. Gefällt es dir?«

Es war eine Art Familienauto, dessen Karosserie in der Sonne glänzte. Drinnen roch es neu, Claire setzte sich ans Steuer, stellte die Spiegel ein und schnallte sich an. Wir fuhren die Seine entlang, vorbei am Autofriedhof und den Pharmafabriken. Am anderen Ufer war die Böschung von Bäumen gesäumt und überwuchert, man sah Jogger, und ich dachte daran, daß ich trainieren mußte, Chef sagte immer, in zwei Tagen würde man das verlieren, was man sich in zehn Tagen erarbeitet hat. Wir parkten vor dem Eingangstor, Claire drehte sich zu mir um und sagte: Da wären wir.

Ich hörte den Perlenvorhang klicken, und Claire war im Inneren des Hauses verschwunden. Auf der Erde und den Zaun entlang schimmelte Fallobst vor sich hin. Ich stieß das Tor zum Gemüsegarten auf und stand vor einem Quadrat dunkler Erde, aus der ein paar Stiele ragten, alles war mit Immergrün und riesigen schwärzlichen Salatköpfen übersät. In der Mitte thronte ein gewaltiger Kürbis. Durch eine Tür an der Rückwand des Hauses gelangte man in den Keller, der Schlüssel war unter der Gießkanne versteckt. Es roch nach Stein und Staub, trockener Erde und nach Wein. Hier unten lagerte mein Vater seinen Wein aus der Ardèche und aus St.-Joseph. Er hatte ihn hier im Keller getrunken, da stand noch immer der kaputte Sessel, in dem er immer gesessen hatte, die alte Stehlampe und ein staubiger Stapel Zeitschriften. Ich zog den weißen Baumwollvorhang zur Seite. Dahinter waren Mauern aus großen behauenen Steinen, und eine Glühbirne hing von der Decke. Ein Tischfußball stand senkrecht an die Seite geräumt. An einem rostigen Haken baumelte ein Sack, er war dick und prall mit Sand gefüllt. Mein Vater hatte ihn angebracht, als ich anfing zu boxen. Ich kam zwei- bis dreimal pro Woche hierher, manchmal kam er hier runter und machte es sich auf der anderen Seite des Vorhangs in seinem Sessel bequem. Ich hörte das Geräusch der Flaschen, und ab und zu sagte er etwas zu mir, fragte: »Alles klar, Tonio?« Samstags kam ich zum Kaffee, ging anschließend runter in den Keller und trainierte den ganzen Nachmittag. Gegen sechs kam dann meine Schwester und machte das Abendessen, wir aßen zu dritt im Wohnzimmer, und das ist gar nicht lange her, gerade mal ein paar Monate, und doch scheint es schon so weit weg. Abends sind wir dann zusammen los, sie kam mit zu mir, wir haben was getrunken, und oft ist sie an meiner Brust auf dem Sofa eingeschlafen, ihre Wangen waren weich und voll, wie bei einem Kind. Sie war ganz klein, wenn sie so zusammengerollt dalag.

Auf der Anrichte lagen vier Boxhandschuhe. Das rote Leder war rissig, ich streifte mir ein Paar über und zog meinen Pullover aus. Ich bin lange unten geblieben und habe auf den Sack eingedroschen.

Ich bin wieder zurück zu meiner Schwester ins Wohnzimmer, und die Fensterläden waren geschlossen. Ausgebreitet auf dem Tisch lagen Briefe und Umschläge, Postkarten und Fotos, und erst habe ich gar nichts bemerkt, doch als ich näher kam, habe ich ihre feuchten Augen und die Tränen auf ihren Wangen gesehen. Ich habe sie in die Arme genommen, und ihr Kopf lehnte an meinem, unsere Wangen berührten sich, und es fühlte sich naß an.

Weiter unten fließt die Ardèche, ein bißchen weiter die Volane und irgendwo die Besorgue, durch die Schluchten schmaler Täler, an deren Hänge sich dicke Steinhäuser klammern. Der Regen trommelt auf das Dach der Gartenlaube, es regnet seit dem frühen Morgen, und die Tür steht offen, ich lausche den italienischen Liedern, ich sehe den Rauch der Gitanes und den krummen Feigenbaum, ich sehe Claire auf dem Bett und die Leiter, die ins obere Stockwerk führt. Die italienischen Lieder, die Laube im Regen, der Wein aus der Ardèche und die

Gitanes, das grüngoldene Schimmern des Wassers, die Minzeblätter, die wir zwischen den Finger zerreiben. Die Mundharmonika abends, der Kastanienlikör, der Karamelgeschmack, eine Gottesanbeterin, das Apfelgrün auf dem blau gestrichenen Holz, die Zigaretten. Mein Vater döst vor sich hin, und meine Schwester liegt auf dem Bett, ganz nah bei der Tür, die zur Laube hin geöffnet ist, zum Abend und zum Regen, der wackelige Tisch, auf dem gelbe Blätter und die letzten getrockneten Rosen zittern.

Ich nahm seine Mundharmonika. Claire einen Ring, den Papa neben seinem Bett aufbewahrt hatte. Wir steckten die Fotos und die Briefe ein, dann brachen wir auf. Claire rief die Hausverwaltung an und sagte, daß sie die Schlüssel vorbeibringen würde, sie könnten alles leer räumen. Im Auto sagte sie, Antoine, ich würde dir gerne mal Pierre vorstellen, wir kennen uns jetzt schon ein Jahr, und du hast ihn noch nie gesehen. Ich nickte, ich hatte nicht die geringste Lust, diesen Typen kennenzulernen.

Chef wirkte gutgelaunt, er schickte mich gleich in den Ring. In der anderen Ecke stand Karim, er blickte mir gerade in die Augen und war verdammt schnell auf den Beinen. Er griff mehrmals an, und ich wich ihm aus, er streifte mich, ich hatte den Eindruck, daß er seine Schläge voll durchzog, ich schaute zu Chef rüber, und er grinste mich an. Ich versuchte, ruhig zu bleiben, mein Handschuhe schützten mein Gesicht, ich war konzentriert, ich sah diesen Jungen gegenüber, ich sah, wie angespannt und kompakt er im Ring war, wo er sonst immer so cool und locker wirkte. Die Flutlichter gingen an, und ich hatte das Gefühl, daß es auf einmal viel wärmer war. Karim probierte es mit ein paar Rechten, ich schickte ihm zwei sehr leichte Geraden auf die Leber zurück, um ihn auf Abstand zu halten, und zog meine Dekkung hoch, er suchte meinen Blick, er spuckte auf den Boden, ich fragte mich, was er eigentlich wollte, er griff an, und ich bekam seine Linke voll in die Fresse, er ging wirklich voll drauflos und schlug zu, es schmerzte, ich war benommen und wütend, ich überlegte nicht lange, ich reihte zwei linke Geraden und einen rechten Haken aneinander, drei harte und genaue Schläge, ich traf ihn dreimal, und er hing in den Seilen. Ich ging zu ihm rüber, ich schämte mich: Er hatte eine Platzwunde und spuckte Blut. Chef kam angerannt und schrie mich an: Verdammt, Antoine, hast du sie noch alle? Ich schmiß ihm die Handschuhe vor die Füße und verdrückte mich in die Umkleide. Im Waschraum hielt ich meinen Kopf unter kaltes Wasser.

Chef kam rein, die Wollmütze wieder auf dem Kopf.

»Verdammt, Antoine, was ist denn in dich gefahren?«

»Er hat seine Schläge durchgezogen. Er war darauf aus, Chef.«

»Hör mal, er ist noch ein Kind, er ist ein bißchen übermütig, er ist jung, du, du holst dir einen Sieg nach dem anderen, und wenn der Kleine in den Ring steigt, dann sucht er die Konfrontation, für ihn ist das eine Riesensache, ein echter Kampf, du bist sein Idol, er will dich schlagen, das ist normal, Antoine.«

»Wie geht's ihm?«

»Geht schon, Hélène kümmert sich um ihn. Aber mach das nicht noch mal, Antoine. Ich weiß nicht, was mit dir los ist, du bist vielleicht gerade nicht gut drauf, aber deine Probleme läßt du besser zu Hause, hier wird geboxt, und das ist Sport, kapiert?«

»Halt die Luft an, Chef.«

Die Leuchtreklamen auf dem Boulevard waren kaum zu erkennen. Su war völlig durchnäßt, sie wartete seit mindestens zwanzig Minuten gegenüber vom Club im Regen auf mich. Als sie mich sah, rannte sie auf mich zu und schmiegte sich an mich, ich zuckte zurück, ich weiß auch nicht, warum. Im Restaurant hatte Chef eine Flasche Chianti intus, noch bevor die Pizzen kamen. Er wurde immer fröhlicher, er nannte uns seine Kinder, Turteltäubchen und ähnlich Bescheuertes. Ich fand ihn albern, fragte mich, was mit ihm los war, daß er so daherredete. Am anderen Ende des Raumes verkündete ein aufgestylter Typ im Retrolook den Beginn der Karaokeshow. Ein Mädchen in schwarzem Minirock und Leopardenbody stand auf. Ihre blonden Haare hatte sie zu einer sagenhaften Hochfrisur toupiert, und ihr Gesicht war makellos gebräunt und zu stark geschminkt. Sie nahm das Mikro in die Hand und stimmte einen alten Schlager von Joe Dassin an. Auf dem Bildschirm sah man einen einsamen Typen, der einen auf romantisch machte, und darübergeblendet ein Mädchen mit glatten Haaren. Das Mädchen im Leopardenbody hatte eine rauhe Stimme und sah aus, als würde sie gleich anfangen zu heulen. Chef bewegte zwischen zwei Happen die Lippen. *Et si tu n'existais pas,* sang er und kaute seine Chorizo. Ich mochte dieses Lied, wußte auch nicht, warum es mir Tränen in die Augen trieb. Ich legte meine Hand auf Sus Knie und strich über ihre hautfarbenen Nylonstrümpfe. Sie legte ihre Serviette auf den Tisch und stand auf. Ich sah ihr zu, wie sie das Restaurant durchquerte, kurz mit dem Ansager sprach und das Mikro auf ihre Höhe einstellte. Sie suchte sich ein Stück von Aznavour aus, ich konnte Aznavour noch nie ausstehen, diesen grotesken Zwerg. Das gelatineartige blaue Licht verstärkte die Blässe ihrer Haut. Sie sah noch zarter aus, beinahe durchsichtig. Chef schenkte mein Glas voll, und wir leerten die zweite Flasche.

»Alles klar, Chef? Du wirkst irgendwie abwesend.«

»'tschuldige, ich denke bloß nach, mir gehen tausend Sachen durch den Kopf. Ich hab Marie heute gesehen, wir haben geredet, es war ziemlich konfus, jedenfalls haben wir ausgemacht, daß wir alle vier in Urlaub fahren, daß wir uns ein Haus mieten, mit den Kindern, weißt du. Aber ich bin mir irgendwie unsicher, ich frage mich, ob das eine gute Idee ist, ich frage mich, was das jetzt plötzlich soll, ob es richtig ist, einen Schritt rückwärts zu machen, ob das nicht einfach nur Schwäche ist oder Feigheit. Angst vorm Alleinsein oder so was.«

»Niemand hat gesagt, daß du mutig sein sollst, Chef, keiner verlangt das von uns. Tu, was du für richtig hältst. Tu, was du fühlst, Chef, scheiß auf den Rest, der Rest ist nur dummes Zeitschriftengelaber.«

»Vielleicht hast du recht, Antoine.«

Su kam zurück, drei Typen applaudierten und glotzten ihr auf die Beine.

»Wie war ich?«

»Keine Ahnung, Su, hab nicht zugehört.«

»Manchmal bist du wirklich nett, Antoine.«

Ich schaute sie an und konnte sehen, daß sie sich hatte mitreißen lassen von dem Lied, sie hatte geweint, und ihr Make-up war verlaufen. Ich hatte plötzlich Lust, mein Gesicht zwischen ihre Schenkel zu pressen, ihre Hüften und ihren Arsch zu packen.

»Wer ist das da auf den Fotos?«

»Meine kleine Schwester.«

»Sie war verdammt hübsch.«

»Ist sie immer noch.«

»Mensch, hier sind ja überall Fotos von ihr. Wo wohnt sie denn?«

»Nicht weit, wir sehen uns öfter.«

»Schon irgendwie seltsam.«

»Was?«

»Keine Ahnung, diese ganzen Fotos.«

Su trug mein Hemd und hatte es nicht zugeknöpft. Sie sah sich in der Wohnung um, und als sie sich zu mir drehte, sah ich ihren Busen im Ausschnitt und einen braunen Schatten unten am Saum. Ich küßte ihr Gesicht und den Nacken, dann ihre Schultern, den Busen und ihren Bauch. Als ich mein Gesicht gegen ihr Geschlecht preßte, lachte sie leise auf.

»Ich mag dich, Antoine, aber du wirst es nie schaffen, mich wirklich zu lieben.«

»Warum?«

»Weil du deine Schwester zu sehr liebst, du könntest dich nie verlieben. Warst du schon mal verliebt?«

»Nein, na und?«

»Nichts na und. Traurig für dich. Das ist alles. Es macht mich traurig für dich.«

Ich drückte mit meiner Zunge noch etwas fester.

Su fing an, tiefer zu atmen, als käme die Luft plötzlich von einem anderen, ferneren Ort als ihren Lungen.

Su schlief auf dem Bauch, und ich zog die Zimmertür zu. Ich schob den Sessel ans Fenster, der Himmel war tiefschwarz. Ich rauchte eine komplette Schachtel Zigaretten, ich hatte keine Ahnung, wie spät es war, und Su mußte morgen früh raus. Bald würde sie mir mit ihrer Hand durch die Haare und über den Nacken streichen, dann würde sie aufbrechen. In der Regionalbahn würde sie einnicken. Sie würde heimkommen, ohne Lärm zu machen, und sich für ein paar Minuten ins Bett legen, bis der Wekker klingelt. Dann würde sie aufstehen und ins Zimmer ihres Sohnes gehen, ihn sanft wachrütteln, ihm einen Kuß auf die Stirn geben und sagen: Du mußt aufstehen, mein Engel. In der Küche würde sie ein wenig Milch warm machen und zwei Brothälften mit Butter bestreichen. Sie würde ihrem Sohn beim Essen zusehen und mit ihm ins Bad gehen. Wenn er sich angezogen hätte, würde sie ihn bei der Hand nehmen, mit ihm die Treppen runtersteigen, und sie würden ein paar Minuten zu Fuß gehen. Er würde ihr einen Kuß auf die Wange geben und im Inneren des Schulgebäudes verschwinden. Sie würde zurück nach Hause laufen und sich schlafen legen.

Die orangefarbene Glaskugel der Laterne leuchtete golden und lag genau im Fenstereck. Ich nahm die Mundharmonika meines Vaters, ich blies nicht hinein, ich atmete nur durch den Mund ein und aus und lauschte den hohen Quiekgeräuschen, die entstanden. Meine Lippen schmeckten metallisch danach.

Als ich ankam, waren sie schon da, sie saßen nah am Fenster. Eine Kerze stand in der Mitte auf dem Tisch, und er näherte seine Hand ihren Haaren. Ich ging nicht gleich zu ihnen, ich blieb eine Weile bei der Tür stehen und beobachtete sie. Ich fühlte mich schlecht, irgendwie klebrig. Bevor ich losgegangen war, hatte ich was getrunken, nicht viel, aber immerhin drei Whiskeys, vielleicht vier, sicher wäre ich besser laufen oder im Club trainieren gegangen.

Claire hatte sich ein Tuch ins Haar geflochten, und ihre Lippen waren geschminkt. Pierre drehte sich um und gab mir herzlich die Hand, seine Rechte lag auf meiner Schulter, er war groß und hatte kurze schwarze Haare. Es sah elegant aus, wie er rauchte, und seinen Whiskey trank er ohne Eis. Er rief nach dem Kellner und fragte mich, was ich trinken wollte. Ich bestellte ein Bier, und er fragte, ob wir ein paar

Oliven oder so was bekommen könnten. Claire fand, daß ich schlecht aussehe, blaß. Ihre Finger spielten mit denen von Pierre, die lang und gepflegt waren, sie fragte ihn, ob er das auch finde, er bezog keine Stellung, er sagte nur, daß ich in der Tat ein bißchen müde aussehe.

Claire ging in Richtung Toiletten, und ich hatte den Eindruck, daß sie irgendwas im Schilde führte, sie wollte, daß wir unter uns sind, er und ich, eine ziemlich billige Aktion, und das gefiel mir nicht. Pierre leerte sein Glas, sah mir direkt in die Augen, lehnte sich zurück und spielte mit seinem Feuerzeug.

»Claire hat mir erzählt, daß du Boxer bist.«

»Sagen wir, ich boxe ab und zu.«

»Und auch, daß du keinen richtigen Job hast.«

»Na ja, ich hab schon einen Job. Ich bring die Toten unter die Erde, nicht gerade lustig, aber einer muß es ja machen, es ist ein Job wie jeder andere. Ob man nun das macht oder was anderes. Jedenfalls kann ich nichts Richtiges.«

»Das ist kein Job für dich, Antoine.«

»Was weißt du schon davon?«

»Nichts, aber ich denke mal, daß das für niemanden ein Job ist. Jedenfalls, wenn du irgendwann mal 'nen Job brauchst, ruf mich an, in meinem Sektor gibt es immer was zu tun.«

Ich habe ihn nicht gefragt, um welchen Sektor es sich handelte, auch nicht, von was für Jobs er redete, es war mir scheißegal, ich trank mein Bier aus, und Claire kam zurück. Sie erzählte vom Krankenhaus, sie beschwerte sich über ihren Lohn und darüber, daß sie dauernd müde sei, er gab ihr in allem recht, und sie redete so seltsam, zumindest kannte ich diese Stimme an ihr nicht, ich guckte weg, ich hörte nicht zu, ich hatte das Gefühl, als würde sie nicht wirklich mit mir reden, ich guckte weg, ich hatte nichts gegen diesen Typen, er war wirklich in Ordnung, sehr nett, gutaussehend, aber ich wollte damit nichts zu tun haben, ich wollte hier nicht rumsitzen und meiner Schwester nicht zuhören und sie nicht wiedererkennen, ich trank mein Glas leer, ich sagte, genug für heute, lassen wir's gut sein, eßt schön, trinkt auf mein Wohl und schönen Abend noch.

Draußen auf der Straße spürte ich den Abendwind, die kühlere Luft, und mir drehte sich der Kopf, es war der Alkohol, fünf oder sechs Whiskeys plus die von vorhin, und ich hatte nichts gegessen, ich spürte meine Haut und meine Muskeln und meine Glieder, und ich war am Leben, ich sog die Luft tief durch die Nase ein, sie strömte in meine Lungen, selten hatte ich es so bewußt gespürt.

Ich hörte ihre Stimme, aber ich ging einfach weiter, sie rief mir hinterher, rannte mir nach, aber ich blieb nicht stehen. Sie rief meinen Namen, und es war meine Schwester, sie rannte hinter mir her, links und rechts zogen Bäume vorbei, man mußte sich ein bißchen bücken, um unter den Ästen durchzuschlüpfen, die Arme vorstrecken und sie zur Seite biegen, Dornen zerkratzten mir die Knie, sie rief, und ich lief immer schneller, ich hörte ihre heisere Stimme meinen Namen schreien, oben zwischen den Ästen sah man Stücke des blauen Himmels, tiefe, gleißende Stücke, es war rutschig, die Erde matschig und voller Pfützen, hinter all dem hörte man den Fluß, sein Grollen über die Steine, das Tosen der Stromschnellen, sie rief nach mir, und ich blieb nicht stehen, ich wartete darauf, daß sie anfangen würde zu weinen, ich weiß nicht, warum ich mich nicht umdrehte, ich antwortete ihr nicht, bis sie anfing zu weinen, dann blieb ich stehen, sie holte mich ein, ich packte ihre Handgelenke, sie versuchte, mich zu kratzen, hob Erdklumpen vom Boden und schmiß sie mir ins Gesicht.

Ich knirschte mit den Zähnen, beschleunigte meine Schritte, und ihre Stimme schien sich zu entfernen, zu ersticken oder zu verhallen. Ich dachte, sie würde wohl weinen, ich stellte sie mir vor, auf dem Bürgersteig, die Hände vorm Gesicht. Ich blieb stehen, wartete auf sie. Als sie auf meiner Höhe angelangt war, sah ich, daß sie lächelte. »Ich dachte schon, du hörst mich nie«, mehr sagte sie nicht, sie machte mir keine Vorwürfe, verlangte keine Erklärung, statt dessen hielt sie mir einen Briefumschlag hin.

»Den hast du vergessen.«

Ich öffnete ihn.

»Kommst du?«

»Warum hast du mir nicht früher was davon erzählt?«

»Es sollte eine Überraschung sein. Du kommst doch? Siehst nicht gerade begeistert aus, ziehst wieder so ein Gesicht.«

»Natürlich komme ich.«

»Gefällt dir Pierre denn? Brauchst nicht ja zu sagen.«

»Du solltest zurückgehen. Er fragt sich bestimmt schon, was los ist.«

Wir umarmten uns, und ich sah ihr nach, wie sie sich entfernte, sie lief und hielt dabei die rechte Hand über der Brust, die linke baumelte neben ihrem Körper.

Ich klingelte, und Su sagte, komm rauf. Ein kühler Wind strich über den Vorplatz, neben großen Pflanzenkübeln und abstrakten Skulpturen standen ein paar Typen beisammen, rauchten und kippten chinesisches Bier. Ihre Stimmen schwankten unglaublich, in Sekundenbruchteilen schlugen sie von Gemurmel um in eine Explosion hoher, spitzer Töne. Nachts waren die Wohntürme massive und bedrohliche Schatten, und die Kälte des Betons und die strengen Linien kontrastierten mit der Fülle von Neonreklamen, Girlanden und Lichtern, die das Einkaufszentrum, die Restaurants und die Geschäfte rot, gelb und grün beleuchteten.

Su hat mich ins Wohnzimmer gezogen, der Couchtisch war voll mit Flaschen und überquellenden Aschenbechern. Ein Dutzend Typen und Mädchen witzelten und redeten auf vietnamesisch wild durcheinander, und alles war verqualmt. Es roch nach Bier und nach Reiswein. Ich ließ mich in einen Sessel fallen, und Su hockte sich auf die Lehne, ihre Finger kreisten an meinem Nacken und in meinen

Haaren. Ich nahm mir eine Flasche Wodka und machte mich daran, sie zu leeren. Nach der Hälfte ging ich kotzen und riß beim Aufstehen ein paar Pappteller, Flaschen und einen Aschenbecher runter. Ich machte mehrere Türen auf, hinter einer schlief Sus Sohn, die Bettdecke auf den Boden gestrampelt, in einem roten Baumwollschlafanzug. In der linken Ecke des Zimmers lag noch eine Matratze, auf der, glaub ich, ihre Eltern schliefen. Keine Ahnung, wie sie bei dem Krach ein Auge zumachen konnten. Im Wohnzimmer sangen sie inzwischen, die Karaokemaschine lief, sie spielten vietnamesische Lieder und Cover von France Gall und so Zeug. Dann fand ich endlich die Toilette, es brannte und tat weh, ich hatte nichts gegessen, es ätzte mir mein Inneres weg, und ich krümmte mich über der Kloschüssel. Su klopfte an die Tür und wollte wissen, ob alles in Ordnung sei, halb schrie sie dabei, und ich brüllte zurück, daß sie die Schnauze halten soll. Als ich wieder rauskam, heulte sie, ein Mädchen streichelte ihr über die Haare und hielt ihr Taschentücher hin. Die Musik war aus, und alle starrten mich an, und in diesem Moment wünschte ich mir, nicht zu existieren, durchsichtig zu sein oder tot oder sonst was, es war unglaublich, wie plötzlich alles in sich zusammenstürzte, wie alles in mir nachgab, ich weiß nicht, warum auf einmal alles so nachgab, aber ich hätte schwören können, daß das bißchen Ordnung, das da drinnen noch vorhanden war, der Vergangenheit angehörte.

Draußen war es kalt, es mußte mindestens ein Uhr gewesen sein, die U-Bahnen fuhren nicht mehr, und ich beschloß, zu Chef zu gehen. Ich klingelte ihn wach, er machte die Tür einen Spalt weit auf, sein T-Shirt war fleckig und seine Unterhose schlabbrig. Ich ging rein, ohne was zu sagen, er sagte, was ist denn mit dir los, Antoine, du siehst ja aus, als kämst du von 'ner Beerdigung, ich sagte, scheiße, Chef, spar dir deine dämlichen Witze, ich bin müde, gib mir 'ne Decke. Ich legte mich aufs Sofa und alles drehte sich mein Gott wie sich das drehte und Claire auch und ich hielt sie an den Händen und ich drehte mich im Kreis und ihr Körper hob sich in die Waagrechte und dann flog sie durch die Luft und ich drehte mich im Kreis ich drehte mich und drehte mich schneller und schneller und Claire schrie und lachte sie lachte während sie schrie und sie schrie während sie lachte und ich sah nur noch die Sonne vor uns und ich hörte nur noch ihr Lachen und dann fielen wir hin und alles drehte sich noch minutenlang weiter ich hätte niemals wieder aufstehen können Claire lag auf mir wir lagen im Gras und kriegten kaum noch Luft und man hörte unser Gelächter und die italienischen Lieder die sich drehten und drehten *e questo il fiore del partigiano o bella ciao bella ciao bella ciao ciao ciao e questo il fiore del partigiano morto per la libertà.* Mein Vater sah uns zu und rauchte seine Gitanes ohne Filter, mein Vater hieß Paolo, aber wir nannten ihn Papa, wer erinnert sich schon an den Vornamen seines Vaters? Papa hieß Paolo, seine Familie kam aus Neapel, sein Vater kam aus Neapel, und auch er hatte seine Kindheit dort verbracht, und als er uns das erzählte, hatte ich nie wirklich ermessen können, was das bedeutete, ich machte mich über ihn lustig, über seine italienischen Lieder, die er leise mit verschleierten Augen vor sich hin sang, über die Art, wie er sagte, daß wir still sein sollten, wenn im Fernsehen oder im Radio etwas über Italien kam, er hieß Paolo, wer erinnert sich schon daran, er nannte mich Tonio, und ich mochte das nicht, mir war Antoine lieber. Warum denke ich an all diesen Quatsch, an meine Mutter, an meinen Vater und seine Macken eines alten Italieners, an sein Leben als Einwanderer, sein Leben als Bauarbeiter?

Als ich wach wurde, muß es Mittag gewesen sein, und im Sessel mir gegenüber saß die Kleine. Sie hatte sich in eine Steppdecke gekuschelt, sie sah mich an, und ihre Arme umschlangen ihre Knie.

Ich sagte guten Morgen, sie antwortete nicht. Chef tauchte auf, er strich ihr mit der Hand durchs Haar und knöpfte ihr den Kragen des Schlafanzugs wieder zu. Er gab ihr einen Kuß, und sie maulte, weil es pikste.

»Gut geschlafen?«

»Geht so.«

Er war merkwürdig gut gelaunt. Er schob meine Füße zur Seite und setzte sich aufs Sofa. Ich hörte die Kaffeemaschine gluckern, und von dem Duft wurde mir übel. Draußen war strahlender Sonnenschein, ein blasses und kaltes Licht erhellte die Wohnung, den beigen Teppichboden, die gemusterte Tapete und die schwarzen Möbel.

»Weißt du, gestern hab ich Marie getroffen. Wir haben lange geredet, und es ist beschlossene Sache, wir fangen noch mal von vorn an. Oder zumindest machen wir da weiter, wo wir aufgehört haben. Das heißt, wir probieren's. Dann werden wir schon sehen. Du sagst jetzt bestimmt, daß man sein Leben nicht noch mal von vorn anfangen kann, daß man nie wieder bei Null anfängt, ich weiß schon. Ich weiß das alles, und vielleicht bringt es auch nichts, vielleicht ist es von vornherein zum Scheitern verurteilt, aber egal, wir probieren's. Schlimmer, als es jetzt ist, kann es ja kaum werden, oder?«

»Klar, Chef, bestimmt hast du recht.«

»Ich geh weg, Antoine. Das heißt, wir ziehen weg aus Paris, das gehört zu unserem Plan. Man hat mir einen Job im Süden angeboten, als Trainer in einem Verein da unten. Am Anfang soll ich mich hauptsächlich um die Jungen kümmern, und danach sehen wir weiter. Wir werden uns eine Wohnung suchen, da unten am Meer, und das ist besser für Marie und die Kinder, das milde Klima.«

»Und wann bist du weg?«

»In zwei Wochen. Ich weiß, das ist ein bißchen holterdiepolter, aber ich hab alles organisiert. Ich hab im Club Bescheid gesagt, für Oktober zahle ich doppelt Miete, aber so viel ist das nicht, irgendwie wird's schon klappen. Kommst du mich mal besuchen? Du kannst kommen, wann du willst, sogar jetzt schon im Herbst. Ein bißchen Urlaub würde dir guttun, das Meer, die frische Luft, die Natur. Du brauchst Erholung, Ruhe, wenn du dich sehen könntest, du siehst aus wie deine eigene Leiche.«

Er ist aufgestanden und hat mir eine Tasse Kaffee gebracht. Wir tranken schweigend, Chef sah zum Fenster hinaus und rauchte eine Zigarette. Er sagte, da unten wachsen Mimosen mitten im Winter, und man kann bis Dezember draußen essen.

»Der Boß will dich sprechen, er ist stinksauer, vielleicht kaufst du dir mal einen Wecker, Kleiner, langsam reicht's mit dem Quatsch.«

Ich hab nichts geantwortet, bin die Stufen hoch und in die Kirche hinein. Die Wände im Innern waren weiß, die Fenster abstrakt bemalt, ich konnte diese Art moderner Bauten nicht ausstehen und die anderen eigentlich auch nicht. Die Bänke waren bis in die letzte Reihe besetzt, die Messe hatte schon angefangen. Der Priester redete mit Honigstimme und machte dabei ausladende Gesten. Ich setzte mich nach hinten neben ein Mütterchen, das sich alle zwei Minuten die Nase schneuzte. Von hier aus konnte man den Sarg sehen, und ich wußte noch ganz genau, daß ich es gewesen war, der ihn den Eltern verkauft hatte, er war für ein siebzehnjähriges Mädchen. Er hatte goldene Griffe, und das lackierte Holz glänzte in der Mitte vor dem Altar. Alles erhob sich, ich blieb sitzen, und dann fingen sie an zu singen. Die Orgel spielte falsch, und der Priester reihte einen schiefen Ton an den anderen, ich verstand nur jedes zweite Wort. Es folgte ein langes Schweigen, und der Priester verkündete, daß der Bruder der Verstorbenen jetzt das Wort habe. Der Typ trat vor, er war blaß und rückte ständig seine Brille zurecht. Er war um die Zwanzig, vielleicht ein bißchen älter, er trug eine blaue Jeans und ein rotes T-Shirt mit einem großen gelben Stern drauf. Das Mütterchen wandte sich zu mir. Er hätte sich schon was Anständiges anziehen können, sagte sie. Ich sagte lieber nichts. Er schien zu zögern, sein Blick glitt über die Versammlung, und man spürte, daß er gleich anfangen würde zu heulen. Schließlich ergriff er das Wort, und seine Stimme im Mikro überschlug sich, sie war plötzlich ganz hoch, war mal lauter, mal leiser und wurde dann so schwach, daß man nur noch ein Murmeln oder Schluchzen hören konnte. Er erzählte von ihr, ich hörte ihm zu und war tief gerührt, es berührte mich wirklich. Ich mußte hinausgehen, mir auf die Wangen beißen und ein paarmal schlucken. Traurigkeit stieg in mir hoch, die Verzweiflung von diesem Typen griff gefährlich auf mich über, ich spürte es, und es war das letzte, was ich gebrauchen konnte.

Ich ging über die Straße und ein Bier trinken und dann noch eins. In dem Café saß ein Mädchen, sie weinte und schaute zur Kirche hinüber, und ich dachte, vielleicht kannte sie die Tote, vielleicht gehört sie zur Familie, eine Cousine, eine Freundin oder Klassenkameradin. Bei Beerdigungen gab es immer diese Jungen oder Mädchen, die im Trauerzug mitliefen, aber nicht mit in die Kirche gingen und später auf dem Friedhof nicht ans Grab herantraten. Auch ich schaute nach draußen, die Leute kamen langsam aus der Kirche, und ich sah das Mütterchen mit dem Taschentuch wieder. Ich blieb sitzen. Das Mädchen legte ein paar Münzen auf den Tisch, und ich sah ihr zu, wie sie die Straße überquerte, sich dem Trauerzug anschloß, ein wenig zurückgesetzt ging und ihr Kinn in ihrem Jackenkragen vergrub. Jetzt waren alle draußen und drängten sich zu beiden Seiten auf den Stufen. Die Glocken fingen an zu läuten, und ich sah Jacques und die anderen kommen. Sie trugen den Sarg, nach hinten hing er etwas runter. Sie schoben die Kiste in den Leichenwagen. Ich bestellte mir ein drittes Bier.

Die Gare de Lyon war ein Ameisenhaufen, unter der Anzeigetafel drängten sich Mädchen mit geflochtenen Haaren, sie hatten riesige Rucksäcke, Schlafsäcke und Gettoblaster und aßen in Alufolie eingewickelte Sandwiches. Die Whiskeyflasche war mir in die Hose gerutscht, sie tat mir weh und beulte meine Jacke aus. Ich kaufte mir eine Fahrkarte, der Zug ging in einer Stunde, ich hockte mich an einen Pfeiler auf den Boden. Ich döste vor mich hin, ein Bulle tippte mir auf die Schulter und wollte meine Papiere sehen. Er fragte mich, woher ich die blauen Flecke im Gesicht hätte, ich sagte ihm, daß ich boxe, er reagierte nicht drauf, nickte nur und gab mir meinen Ausweis zurück.

Das Abteil im Zug war leer und dunkel. Ich hab kein Licht gemacht, es war Nacht, draußen zog langsam der Bahnhof vorbei, die Fenster zerhackten das Gelb der Lichter. Ich stellte mich in den Gang und lehnte mich an die Scheibe, Körper glitten wie Schatten an mir vorbei und streiften mich ab und zu, ich roch ihr Parfüm und spürte die Brüste der Mädchen an meinem Rücken. Die Luft strömte schubweise herein. Durch das halbgeöffnete Fenster hörte ich dem Lärm des Fahrtwinds zu, ich sog die Luft ein, sie füllte mich aus, ich sah all die Lichter, und das genügte mir, durchdrang mich, meinen Kopf, meine Lungen, mein Gehirn.

In Orléans hat der Zug gehalten, und Reisende sind zugestiegen. Ein paar kamen in mein Abteil, richteten ihre Betten her und legten sich schlafen. Ich machte es wie sie und streckte mich auf der Pritsche aus, es war stockfinster, ich ließ die Augen geöffnet, und es war wie Schlafen, ohne zu träumen. Die Nacht im Zug war von dem Lärm der Schienen und von Atemgeräuschen erfüllt, neben mir bewegte sich was, jemand verließ das Abteil, ich hörte die automatische Tür, und vom Gang fiel Licht herein. Der Zug rollte durch die Nacht, er rollte nach Süden, und ich lauschte den Atemgeräuschen.

Ich konnte nicht schlafen, lief im Gang auf und ab, und wir standen zu mehreren am offenen Fenster und rauchten. Am Ende des Waggons hockten ein paar Typen auf dem verdreckten Boden und tranken. Sie drückten ihre Kippen auf der Plastikverkleidung aus. Draußen war alles schwarz, man konnte nichts erkennen, aber man spürte, daß draußen etwas vorbeiglitt. Ich machte mich wieder auf den Weg zurück, der Zug schaukelte hin und her, und ich stieß mich mehrmals an. In einem Abteil reichten ein paar jüngere Typen Rotwein herum und tranken direkt aus der Flasche. Sie stießen unterdrückte Lacher aus und teilten sich die Reste einer Pizza. Ich bat sie um was zu trinken, und sie hielten mir die Flasche hin, ich nahm drei Schlucke oder mehr, ein Mädchen saß mit dem Rücken an die Leiter gelehnt, und ich konnte von da, wo ich stand, ihre Brüste und ihren BH sehen. Sie war hübsch, sie starrte mich an. Ich hab sie angelächelt, hab noch mal drei Schlucke genommen und bin zur ihr hin. Einer von ihren Freunden stand auf und sagte, ich solle mich verpissen, ich kapierte nicht, was er von mir wollte, ich sagte, verpiß dich selber, er schubste mich, und ich fiel hin. Sie lachten sich kaputt, und ich lag auf dem Boden, ich war besoffen, und mein Körper war schwer wie Blei, mir fiel die Hochzeit meiner Schwester wieder ein, ich wollte nicht da hin.

Im Abteil roch es nach Schweiß und schlafenden Körpern. Ich versuchte einzuschlafen, doch es ging nicht, das Laken rutschte weg, und das Kunstleder klebte. Ich schaffte es nicht, ruhig liegen zu bleiben, ich bin wieder auf den Gang hinaus, die ganze Nacht bin ich zwischen Gang und Abteil hin und her gependelt, irgendwann bin ich noch mal über dieses Mädchen gestolpert, das mit den anderen getrunken hatte, die mit dem hübschen Busen; sie saß im Gang, ich stieg über sie hinweg, sie las ein Buch und verzog das Gesicht beim Lesen. Ich fragte sie, ob ihr das Buch gefalle, sie sagte nein, der Autor gehe zu weit, sie fand es unanständig, daß der Autor zu weit gehe. Ich fragte sie, wie man je zu weit gehen könne und ob nicht zufälligerweise genau das Gegenteil unanständig sei, beim Schreiben nicht bis zum Äußersten zu gehen, das sagte ich und hatte keine Ahnung, wovon ich redete, ich sagte es, um irgendwas zu sagen, ich zitterte am ganzen Körper, und sie mußte mich für einen Spinner halten. Ihr Macker tauchte auf, er hatte eine Fernsehfresse und sah aus wie der perfekte Schwiegersohn, er fragte mich, was ich hier verloren habe, ich sagte nichts, verzog mich einfach, und dann waren da wieder das braune Leder und die Nähte und das fleckige rauhe Laken auf meiner Haut, das dauernd verrutschte. Im Abteil murrte jemand, murrte, weil ich reinkam und Krach und Licht machte, ich sagte, schlaf weiter, und da sagte er nichts mehr. Es war stockdunkel da drinnen, und es miefte.

Als ich wach wurde, war es hell draußen, die Leute im Gang sahen aus wie Schlafwandler, sie standen Schlange, um sich ein bißchen Wasser ins Gesicht zu klatschen. Auf der Liege gegenüber wachte eine Dicke auf und glotzte mich an, sie zog die Vorhänge zurück, öffnete das Fenster und sagte, hier stinkt's, hier riecht's irgendwie seltsam, finden Sie nicht, die anderen stimmten ihr zu und sahen mich an, ich sagte, ja, hier stinkt's, und zwar nach Schweiß, Schuhen und Mundgeruch. Ich verließ das Abteil. Es war schwer zu sagen, wo wir uns befanden, wir fuhren an Wäldern, Feldern und Hügeln vorbei. Manchmal sah man Kühe und Schafe und darüber ein blasses, zögerliches Licht, das Licht der Morgendämmerung, normalerweise hasse ich dieses fahle, kalte Licht, genauso wie die Luft am frühen Morgen, ihren herben und scharfen Geruch, normalerweise hasse ich ihn, aber in diesem Moment nicht, ich nahm ihn irgendwie nicht richtig wahr, oder vielleicht gerade, das Licht war eigentlich ganz schön, ein bißchen trist zwar, ein bißchen winterlich, aber letzten Endes war es ganz schön, es war ein losgelöstes und leichtes Licht, und mir gefiel die Kälte und die Losgelöstheit, die Leichtigkeit. Mir, der ich immer von kahlen Bäumen und einem frostigen Park träumte.

Dann wurde der Zug langsamer, anscheinend näherten wir uns dem Zielbahnhof, die Leute standen auf, nahmen ihre Taschen und packten ihre Sachen zusammen. Ich stand im Gang, der Zug hielt. Jemand rempelte mich an, und dann stieg auch ich aus. Der Bahnhof war menschenleer, ich ging zu den Bussen rüber, meiner fuhr in einer halben Stunde. Ich setzte mich in ein Café und bestellte ein Helles.

Der Bus war überheizt. Das Mädchen aus dem Zug saß vor mir, ihr Macker saß weiter weg, sie las wieder in ihrem Buch, sie drehte sich ab und zu nach mir um und warf mir verstohlene Blicke zu. Wir verließen die Nationalstraße, fuhren durch tiefe dunkle Täler, durch Dörfer ohne Ortskern, die entlang der Straße ausfransten. Über den Haarnadelkurven klammerten sich ein paar Häuser, kein Mensch weiß, woran. Kastanienbäume säumten die Straßen, hinter kleinen Begrenzungsmauern ging es steil nach unten, ich sah Abhänge aus Basalt und das goldene Grün der Flüsse, die Sonne malte Schatten auf die Felsen und zeichnete die Umrisse der Bäume und Blätter nach.

Auf dem Dorfplatz hielten wir an. Die Platanen wurden schon gelb. Ich setzte mich in ein Straßencafé. Meine Füße scharrten undechiffrierbare Zeichen in den Sand. Ich trank einen Pastis, und die Sonne nagte sanft an meinem Gesicht.

Das glatte und schimmernde Schwellen des Wassers, das Glitzern flüssiger Diamanten, die Sonnentupfer, meine schlafende Schwester an meiner Schulter, unsere aneinandergelehnten Körper und der Lärm eines Traktors auf der überhängenden Straße.

Alles war wie früher.

Das Haus war intakt, die schmucklose Fassade und der Balkon mit Efeu bewachsen, eine Eidechse huschte über die Mauer. Wenn man den Kopf reckte, konnte man weiter hinten die Gartenlaube erkennen, der runde Tisch und die Gartenstühle waren mit Blütenblättern übersät, eine Flasche und ein paar Gläser standen darauf.

Auf dem Friedhof war der Boden mit Nadeln bedeckt, die Toten ruhten im Schatten großer Pinien, auch meine Mutter.

Alles war wie früher. Es würde immer so sein. Es hatte keinen Zweck, hier zu bleiben.

Das Telefon klingelte. Draußen war es hell, Licht sickerte durch die zugezogenen Gardinen und warf einen großen orangefarbenen Streifen an die Zimmerwand. Als ich die Hand nach dem Hörer ausstreckte, stieß ich gegen eine Flasche, ihr Inhalt ergoß sich auf den Teppichboden und hinterließ einen großen dunklen Fleck mit unregelmäßigen Umrissen. Schließlich hatte ich den Hörer in der Hand, es war mein Boß, er klang, als hätte er gerade einen seiner schlechten Tage, dieser harte, kalte Ton, den er immer anschlug, wenn er mich anschnauzte. Ich hatte einen trockenen Mund, konnte gerade eben hallo sagen, ich hörte ihm zu, wie er sagte, Antoine, ich muß mit Ihnen reden, was ist los verdammt, seit drei Tagen sind Sie hier nicht aufgetaucht, Sie sagen niemandem Bescheid, wir müssen das schleunigst regeln, ich hoffe, Sie haben eine triftige Erklärung. Ich sagte, daß ich vorbeikomme, und er legte auf. Ich sah mich um, ich hatte keine Ahnung, wie spät es war. Meine Katze reckte sich und sprang mir auf den Bauch, sie fing an zu schnurren und schlief ein. Ich ließ sie und schloß die Augen. Alles schlingerte in mir drin, alles schaukelte hin und her, mein Gott, wie das schaukelte, ich hatte das Gefühl, als triebe ich auf dem Meer.

Als ich wieder aufwachte, regnete es. Ich machte den Fernseher an, und es liefen die Dreizehn-Uhr-Nachrichten. Auf dem Bildschirm kamen Panzer näher und durchquerten Städte in Ruinen, ich schaltete aus, und alles wurde wieder grau. Ich berührte die Oberfläche, und ein elektrostatischer Schleier strich sanft um meine Finger. Auf der anderen Seite der Vorhänge war das Licht dreckig und feucht, ich hatte keine Lust, das zu sehen, ich knipste die Lichterkette und den chinesischen Lampion an. Der Anrufbeantworter blinkte, es waren immer noch dieselben vier Nachrichten, ich hatte sie gestern oder vorgestern erhalten, eine von der Arbeit, eine von Chef und zwei von Su. Alles machte sich Sorgen. Ich zog eine Jeans an und machte die Flasche Wodka leer. Draußen glänzten die Straßen, und es war diesig, die Züge kamen kreischend zum Stehen, die ersten Blätter lagen verstreut auf den Gehsteigen, sie waren gelb und naß und aufgequollen wie Papier, auf dem man lange herumgekaut hat.

Auf meinem Schreibtisch lagen Briefe, der Wochenplan und ein Post-it, draufgekritzelt die Namen von Leuten, die ich zurückrufen sollte. Ich klopfte nicht an, ich trat ein, und der Boß telefonierte gerade, er lachte und vor ihm ein angebissenes Sandwich und eine Tasse Kaffee. Er gab mir ein Zeichen, daß ich warten solle, aber er konnte mich mal, ich fragte, wo ist mein beschissener Scheck, er legte auf und fragte, von welchem Scheck ich rede.

»Der für den Monat, den Sie mir schulden, der Monat, der gerade rum ist.«

»Na, den bekommst du am Einunddreißigsten, so wie jeden Monat, was ist denn mit dir los, Antoine?«

»Ich will meinen Scheck, sonst nichts. Ich hau ab hier, seit dem letzten Scheck habe ich einen Monat gearbeitet, ich will, daß sie mir diesen Monat bezahlen.«

»Was soll das heißen, du haust ab?«

»Na, ich hör eben auf, ich kündige.«

»Und wie stellst du dir das bitte schön vor, Antoine, so einfach geht das nicht, man kann sich nicht einfach so aus einem Unternehmen verabschieden, so mir nichts dir nichts, ohne Vorwarnung, ich weise dich darauf hin, daß dein Vertrag eine Kündigungsfrist von zwei Monaten vorsieht, wie stellst du dir das eigentlich vor, ich muß mich umsehen, muß Ersatz für dich finden, du mußt ihn einarbeiten, und es muß eine Übergabe stattfinden.«

»Hören Sie auf mit dem Quatsch. Ich hau ab hier, Sie schulden mir einen Monat Lohn, und damit basta. Stellen Sie mir meinen Scheck aus, ich habe für dieses Geld gearbeitet, ich habe für Sie gearbeitet, also bezahlen Sie mich auch, alles andere ist heiße Luft.«

»Hören Sie zu, Antoine, Sie schicken mir Ihre schriftliche Kündigung, und ich werde Ihr Ausscheiden zur Kenntnis nehmen. Anschließend haben Sie hier noch zwei Monate zu machen, und dann sind Sie frei. Den Scheck für September kriegen Sie am Montag, so wie jeden Monat, und jetzt raus hier, Sie gehen mir langsam auf die Nerven.«

Ich griff nach dem Cutter, der auf dem Tisch lag, ich schob die Klinge raus und ging auf ihn zu, mir war nie aufgefallen, wie sehr dieser Typ schwitzte und ausdünstete. Er strich sich über den kahlen Schädel, seine Krawatte schnitt ihm in seinen fetten roten Hals, ich mußte an ein Warzenschwein denken, und er sagte zu mir, ganz ruhig, Antoine, mach keine Dummheiten, wegen so etwas regen wir uns doch nicht gleich so auf. Er holte sein Scheckheft aus der Schublade und fragte mich, wieviel ich wollte.

»Das, was Sie mir schulden. Einen Monat minus drei Tage.«

»Gut, ich will nicht kleinlich sein, ich zahl dir einen vollen Monat, du haust ab, und dann will ich dich hier nie wieder sehen.«

Seine Hand zitterte, er keuchte. Die Jalousien hinter ihm waren geschlossen, aber zwischen den Lamellen konnte man das Busdepot und die Busfahrer sehen, die an ihren Kippen zogen und sich unterhielten. Er hielt mir den Scheck hin, und ich steckte ihn direkt in meine hintere Hosentasche. Ich überprüfte nicht mal den Betrag.

Draußen war es schön, die Wolken und diese ganze schwüle Scheiße waren wie weggeblasen, der Himmel war blaßblau, und das Licht floß, alles schien wie neu, man hätte meinen können, die Stadt wäre mit Sandpapier geschliffen, mit Sandstrahlern gereinigt, abgescheuert und von toter Haut befreit worden. Bevor ich in den Regionalzug stieg, kaufte ich mir eine Flasche Label Five beim Araber, nahm einen Schluck in der Sonne, während ich den künstlichen Teich entlanglief. Mit der Fußspitze kickte ich Kieselsteine ins Wasser. Auf der Bank löste ich meinen Scheck ein, ich fühlte mich weder arm noch reich, ich dachte, daß ich Claire ein Hochzeitsgeschenk kaufen und noch einen guten Monat über die Runden kommen müßte.

Als ich ankam, hat Chef auf die Uhr geschaut und schien überrascht, mich zu sehen. Ich ging mich umziehen. In der Umkleide roch es nach Reinigungsmilch, eine Frau scheuerte die Klos, sie trug eine rosa Bluse und ein blaues Kopftuch. Ich trank meinen Flachmann leer und hielt ihn ihr hin, sie warf ihn in ihren Mülleimer und schüttelte den Kopf. Ich bandagierte mir die Hände und boxte ein paarmal in die Luft. Ich wußte genau, daß ich nicht fit war.

Ich bewegte Schultern und Arme, um mich warm zu machen, ich hatte überall Muskelkater, ich fühlte mich steif, wie eingerostet. Durchs Dachfenster schien die Sonne in die Halle und überschwemmte die Ringe, in denen überall trainiert wurde. Alle Säcke waren besetzt, ich ging zu Chef rüber, er sah ziemlich beschäftigt aus, er ging von einem Jungen zum nächsten und nahm sich für jeden Zeit, korrigierte Bewegungen mit einem Wort oder einer Kopfbewegung. Entweder bemerkte er mich nicht, oder er war zu abgelenkt, oder er tat nur so, jedenfalls würdigte er mich keines Blickes. Ich wendete mich wieder ab. Einer der Ringe war leer, ich stieg hinein, der Scheinwerfer strahlte auf mich herab und zeichnete einen langen, zitternden Schatten auf den Boden.

Karim tauchte auf, ich hoffte vage, daß er nicht sauer sein würde wegen neulich, daß er zu mir kommen würde, um mir die Hand zu schütteln, aber er warf mir nur einen langen, unglaublich harten und eiskalten Blick zu, sonst nichts, spuckte einmal in meine Richtung und gab drei Worte auf arabisch von sich.

Ich setzte mich in eine Ecke des Rings und wartete, Chef blickte zu mir rüber, ich fragte mich, wann er endlich zu mir kommen würde. Ich saß da und wartete, lehnte mich gegen die Seile, ich hätte ewig so sitzen können, die Handschuhe am Ende meiner Arme, die Augen geschlossen, nur dem Schreien und Stöhnen zuhören, dem Aufprall von Leder auf Haut, von Leder auf das Leder der Sandsäcke. Wenn ich die Augen einen Spalt weit öffnete, sah ich zwischen meinen Wimpern und den orangefarbenen Blenden meiner Lider die Stahlträger an der Decke, sie waren rot, und über den Dachfenstern konnte man Vögel erahnen. Ich brüllte seinen Namen, und endlich kam er zu mir rüber. Ich beobachtete ihn beim Gehen, die Mütze in der Hand und um sich guckend.

»Geh nach Hause, Antoine, schau dich doch an, du kannst kaum noch grade gehen, was willst du mit Boxhandschuhen?«

»Geht schon, Chef, ich bin ein bißchen kaputt, aber ich habe Lust zu trainieren.«

»Red keinen Blödsinn. Nur daß du's weißt, der Kampf morgen ist gestrichen, ich werd die Veranstalter anrufen und ihnen sagen, daß du krank bist und nicht kommen kannst.«

»Tu das nicht, Chef, ich will diesen Kampf, ich werde fit sein. Ich bin ein bißchen daneben, aber morgen bin ich besser drauf, ich geh laufen, ruh mich aus, ich werde voll da sein, Chef.«

»Meinetwegen … eine Chance hast du noch, schauen wir mal, wie es morgen aussieht, wie du morgen drauf bist. Jetzt gehst du erst mal nach Hause, ruhst dich aus und trinkst keinen Tropfen Alkohol, hast du verstanden, sonst steigst du morgen nicht in den Ring, klar?«

»Halt die Luft an, Chef, ich sag dir, daß ich morgen fit bin.«

In der Umkleide stellte ich mich unter die Dusche, das Wasser war schwer, und das ganze Gewicht meines Körpers schien sich in meine Beine, meine

Brust und auf meine Lider verlagert zu haben. Ich trocknete mich langsam ab, meine Klamotten waren klamm und feucht. Ich legte mich der Länge nach auf die Bank, starrte an die Decke und atmete tief ein und aus. Die Farbe blätterte schon ziemlich ab, und an den Rohren hingen Wassertropfen. Ich schlief dort ein, die Finger über der Brust verschränkt, die Arme angewinkelt.

Su war nicht im Restaurant. Ich setzte mich nach hinten. Ein Fernseher hing von der Decke und strahlte sich immer wiederholende Videoclips aus, weiß gekleidete Mädchen, die unter ihren Schirmen in der Sonne brieten. Alle sahen mich an. Die Kellnerin kam zu mir und sagte, ich solle besser gehen. Ich kapierte nicht, wieso sie das sagte, und bat sie, mir eine Suppe zu bringen. Es waren nicht viele Leute da. Die Eltern von Su waren sicher in der Küche, in einer Ecke saßen ein paar von den Typen, die ich neulich bei ihr getroffen hatte, ihre Brüder und Cousins, und aßen. Sie redeten und gestikulierten, manche deuteten auf mich. Die Kellnerin stellte die Schüssel vor mir ab, ich hob den Deckel hoch, und Wasserdampf schlug mir ins Gesicht. Mir war heiß, und die Suppe war gut, die Ravioli verbrannten mir die Zunge und den Gaumen, das Bier und die Musik wiegten mich sanft. Zwischen zwei Löffeln schaute ich die Bilder an der Wand an, funkelndes Wasser, das im Licht zitterte, Wasserfälle inmitten grüner Berge und weite Wiesen. Weihnachtslichterketten liefen von Rahmen zu Rahmen, entweder hatte man sie vergessen oder zu weit im voraus aufgehängt, das eine Ende war um die Hand eines Buddhas gewickelt, das andere um das Ohr einer großen Porzellankatze. Einer der Typen kam zu mir rüber. Er hatte Schweißperlen auf der Stirn, trug einen schwarzen Anzug und sah Su entfernt ähnlich. Ich kaute in Ruhe mein Gemüse, dann hob ich den Kopf. Unter dem dünnen Stoff seines Hemdes zeichnete sich ein Muskelshirt ab, seine Haare waren tadellos frisiert, zwischen seinen Lippen klemmte eine filterlose Zigarette, so gut wie runtergebrannt. Er fixierte mich und sagte, ohne die Kippe aus dem Mund zu nehmen, daß er mich nicht mehr mit Su zusammen sehen wolle. Ich erwiderte nichts, senkte den Blick und angelte mir eine durchsichtige Ravioli, die in der Suppe schwamm. Der Typ ging raus, gefolgt von seinen Cousins oder Brüdern. Als sie die Tür öffneten, fegte eine Bö herein, Kälte strömte ins Restaurant.

Eine alte Chinesin kam herein, und ich folgte ihr, sie sah mich merkwürdig an, ich erklärte ihr, daß ich eine Freundin besuchen wolle und den Türcode vergessen habe, sie nickte, ohne die Augen von mir zu wenden. Ich klopfte an die Tür, und Su öffnete mir.

»Antoine, was machst du denn hier?«

»Na, ich komm dich besuchen.«

»Wo warst du denn? Ich hab ständig bei dir angerufen, und nie ging jemand ran, ich bin bei dir gewesen, alles war zu, und Chef wußte auch von nichts, was hast du denn getrieben?«

»Ich habe einen Ausflug gemacht, bißchen Luft schnappen, wieso?«

»Warum hast du mich nicht angerufen, warum hast du mir nichts gesagt, ich wollte dich sehen.«

Sie drehte sich um und sagte ein paar Worte auf vietnamesisch zu ihrem Vater oder irgendwem anders. Der Kleine kam angelaufen, er nuckelte am Daumen und hielt ein weißes Schnuffeltuch in der Hand. Er drückte sich an Sus Beine und hielt sich an ihrem Rock fest. Man hörte den Fernseher in voller Lautstärke, aus der Küche roch es nach Fleisch und Gewürzen. Ich sah Su an, und sie war schön, ihre Lippen waren kaum geschminkt, die Augen tiefschwarz und ihre Beine unglaublich glatt und weiß. Ich kam näher und wollte sie küssen. Sie wich zurück und sagte, nicht hier. Ich wartete ein paar Minuten im Treppenhaus, dann gingen wir los. Sie trug einen langen schwarzen Mantel, im Aufzug wühlte ihre Zunge in meinem Mund und meine Hände unter dem Stoff ihres Rocks. Wir liefen durch die Einkaufspassage, die bunten Girlanden und die roten

Lampions leuchteten, Su hauchte in ihre Hände, um sie aufzuwärmen, und man sah ihren Atem vor ihrem Gesicht. Dann zündete sie sich graziös eine Zigarette an, nahm einen Zug und sah in den Himmel, der seltsam blaß, beinahe milchig war. Ihre freie Hand lag in meiner.

»Hier ist es.«

Sie klingelte, eine hohe Stimme antwortete. Das Treppenhaus war schmutzig und mit Parolen, Graffiti und Kritzeleien übersät. Su ging vor mir hinauf, und ich betrachtete ihre Knöchel, ein Nichts, dachte ich, und sie würden brechen. Die Tür war angelehnt, Su drückte sie auf, und in der überheizten Wohnung waren die Wände voller Poster von vietnamesischen Sängern. Ein Mädchen tauchte auf und begrüßte mich mit einer Kopfbewegung. Sie kaute Kaugummi, und ihre Lider waren grün geschminkt. Sie zeigte uns das Zimmer und setzte sich wieder auf ihr Sofa, steckte sich eine Zigarette an und zog Füße und Beine seitlich an ihren Hintern. Im Fernsehen lief eine französische Schlagersendung.

Su kniete auf dem Bett, ich stand. Sie steckte ihren Kopf unter mein T-Shirt und fing an, meinen Bauch und meinen Oberkörper zu küssen. Ihre Hände öffneten meinen Gürtel, und meine Hose fiel mir auf die Füße, dann meine Unterhose. Ich legte mich hin, und sie setzte sich auf mich. Sie hatte ihren Rock anbehalten, und ich knöpfte ihre Bluse auf, ich küßte ihren Hals und ihren Mund, dann ließ ich mich zurückfallen und schloß die Augen. Als ich sie wieder öffnete, machten sich ihre Hände hinter ihrem Rücken zu schaffen, die Träger glitten über ihre Schultern, und meine Finger folgten den Umrissen ihrer Brustwarzen. Ich machte die Augen wieder zu und fühlte, wie sich ihr Geschlecht sanft um meinen aufgerichteten Schwanz schloß, ihn umschlang, und dann badete mein ganzer Körper in ihrer feuchten Zartheit, ihrer weichen, glatten Haut.

»Antoine, ich bin schwanger.«

Su lag nackt auf dem Bett, ausgestreckt auf dem Bauch, und ihr Hintern fühlte sich voll und rund an in meiner Hand. Ich fragte nicht von wem, ich konnte es mir denken.

»Meine Familie weiß Bescheid. Sie möchten nicht mehr, daß ich mich mit dir treffe, mein Bruder hat gesagt, daß er dich umbringt, wenn wir uns weiter sehen.«

»Das hat er mir auch gesagt.«

»Hast du ihn gesehen?«

»Vorhin im Restaurant.«

»Was hast du vor?«

»Was willst du denn?«

»Ich weiß es nicht. Aber ich will das Baby behalten. Und ich möchte, das heißt, wenn du es auch willst, daß du ein Vater für das Kind bist.«

Ich wußte nicht, was ich sagen sollte, das alles erschien mir dermaßen unwirklich, wie sollte ich für irgend jemanden ein Vater sein. Wie hatte es nur dazu kommen können. Ich bin ans Fenster und habe mir eine Zigarette angezündet. Su stellte sich hinter meinen Rücken, ich spürte ihre Brüste und ihre Schenkel. Ihre Hände spielten mit meinem Schwanz, während sie meine Schultern mit sanften, präzisen Küssen bedeckte. Ich drehte mich um und verschlang ihren Mund. Ich schob sie zur Wand und drängte sie dagegen, meine Hände umfaßten ihren Hintern, und ich hob sie hoch, ihr Atem beschleunigte sich, und ich drang ein, ich spürte ihre Zähne in meiner Haut, und ihre Augen schlossen sich bei jedem Stoß.

Ich versuchte, nicht zu zittern, versuchte, mich gerade zu halten und frisch auszusehen, ich hatte den ganzen Tag gebechert, den ganzen Tag ein Glas nach dem anderen weggekippt und dabei an Su gedacht, an unseren Sohn, in Gedanken wiederholte ich immer wieder diese Wörter, mein Sohn, mein Sohn, aber sie bedeuteten einfach nichts.

Ich wollte nicht, daß Chef mitbekam, in welchem Zustand ich war, ich wollte boxen, ich wollte die Handschuhe überziehen, die Hitze und das Rauschen spüren, meine Muskeln, nicht mehr denken, Hauptsache nicht mehr denken, ein Körper in Bewegung sein, ein Mechanismus in Aktion. Die Umkleideräume waren durch Betonmauern voneinander abgetrennt, die Duschköpfe waren undicht, und es gab nur ein Waschbecken und eine Bank. Chef war kurz draußen beim Ringrichter, und ich mußte mich ein bißchen hinlegen. Meine Hand strich über den Zement, und ich schloß die Augen, um nicht von dem Licht der Glühbirne an der Decke geblendet zu werden. Ich hörte ein Kratzen an der Wand, ich richtete mich auf und sah eine Maus in Richtung Halle verschwinden. Chef kam zurück und sah besorgt aus.

»Bist du sicher, daß du in den Ring steigen kannst? Da wartet kein Clown auf dich, Vorsicht. Du hast ihn drauf, aber du mußt topfit sein.«

»Is' okay, Chef. Ich sag dir, es ist okay.«

»Ich mein's ernst, bei der ersten Kleinigkeit laß ich den Kampf abbrechen.«

»Ich sag dir doch, es geht schon.«

Ich zog meinen Bademantel aus, und Chef half mir, die Handschuhe überzuziehen. Ich ließ langsam meinen Kopf kreisen, um den Nacken zu entspannen, die Schultern zu lockern, all das geschmeidig zu kriegen. Chef beobachtete mich und kaute Kaugummi. Er sagte, auf geht's, und wir betraten die Halle. Ich senkte den Kopf, versuchte, mich zu konzentrieren, ich war mir sicher, daß alles gutgehen würde, daß alles zurückkommen würde und das Zittern aufhören, die weichen Knie, ich war ganz sicher.

Der Ansager rief meinen Namen, und die Scheinwerfer schwenkten auf den Ring, ich stieg hinein, tänzelte hin und her, ich war wie aus Gummi, ich spürte nichts, ich spannte meine Beine an, damit sie aufhörten zu zittern, ich war kurz vor einem Wadenkrampf. Der Typ kam rüber und schüttelte mir die

Hand, er sah selbstsicher aus, er blickte mir in die Augen, und das Licht betonte jeden einzelnen seiner Muskeln. Der Ringrichter verkündete, daß gleich der Kampf beginnen würde, und ich ging in meine Ecke, lehnte mich in die Seile und schloß die Augen. Chef fragte mich, ob alles in Ordnung sei, ich sagte ja. Die Glocke bimmelte, ich machte die Augen noch mal zu und versuchte, jeden Zentimeter meines Körpers zu spüren, und als ich sie wieder öffnete, war es noch schlimmer, alles drehte sich. Ich ging in die Mitte des Rings, und der Typ fing an, mich zu umkreisen. Ich hielt mir die Hände vors Gesicht, ich versuchte, mich ein bißchen zu bewegen, da erwischte mich es in der rechten Wade, ein Krampf, mein Bein fühlte sich an wie in einem Schraubstock, ich wär beinah hingefallen, und der Typ schlug mir in den Bauch, ich versuchte, dagegenzuhalten, so gut es ging, es war, als ob meine Arme nicht mehr zu meinem Körper gehörten, ich schlug ins Leere und verlor das Gleichgewicht. Als ich eine Hand auf den Boden stützte, sah ich Chefs Gesicht, wir brechen ab, sagte er. Ich stand wieder auf.

Der Ringrichter hielt uns auf Distanz, er legte uns seine Hände auf die Brust, der Typ war ganz entspannt, ich sah in seinen Augen, daß er sich seiner Sache sicher war, daß er wußte, daß er leichtes Spiel haben würde, der Ringrichter trat zurück, ich fing mir zwei Haken voll ins Gesicht, er kombinierte zwei Geraden auf meine Leber, setzte noch einen Uppercut drauf, ich hatte Blutgeschmack im Mund, und vor meinen Augen wurde alles rot, er schlug noch drei- oder viermal zu, und das Blut lief mir in die Augen, mein Mund war voll von einer dikken, salzigen Flüssigkeit, ich brach zusammen, ich wog Tonnen, meine Wange lag auf der Kunststoffbeschichtung, Chef stieg in den Ring. Ich sah sein Gesicht sich über meines beugen, er zog mich hoch und setzte mich auf den Hocker, ich konnte nicht aufrecht sitzen, er tupfte mir die Stirn, die Augen und die Schläfen, ich spürte weder den Schmerz noch seine Hände, ich spürte gar nichts mehr, hörte auch seine Stimme nicht mehr.

Im Krankenhaus haben sie mich geröntgt, eine Ärztin kam und nähte mir die Augenbraue zu, ich bekam ein riesiges Pflaster, und sie sagten, daß sie mich lieber noch ein bißchen dabehalten würden. In dem Zimmer stand noch ein zweites Bett, in dem ein Junge schlief, er hatte wohl Asthma, denn ich hörte seinen schweren Atem, und manchmal pfiff es ganz schön. Ich konnte nicht schlafen, ich ging raus auf den Gang, und mein ganzer Körper schmerzte. Draußen kam es mir vor wie in einem Traum, ich im Schlafanzug mit einer Jacke drüber, kein Mensch war da, und ich betrachtete die großen weißen Kugeln der Laternen und das tiefgrüne Gras des Rasens, der wie Kunstrasen aussah. Auf der anderen Seite des Gitterzauns, neben dem Parkeingang, hatte ein Café noch geöffnet. Ich ging hinein, und alle sahen mich komisch an, meine Hose war aus blaßblauer Baumwolle, sie schlotterte um meine Beine, und ich bestellte ein Bier und dann noch eins und dann noch zwei. Am Tresen unterhielten sich lautstark ein paar Typen und ließen Schwachsinn vom Stapel. Was hatten solche Typen hier um diese Uhrzeit verloren, das habe ich mich schon immer gefragt, was hatten solche Typen mitten in der Nacht an Cafétresen verloren, mit ihren zittrigen Händen und ihren Kippen zwischen den Zähnen, ihre Füße und Hosenbeine im Sägemehl, das habe ich auch nie kapiert, warum in den Cafés überall Sägemehl auf den Fliesen lag, kleine Zuckerbeutel, Kippen und Asche. Ich schlürfte meine Biere und spürte, wie Tränen über meine Wangen liefen. Das war die Erschöpfung, sonst nichts. Alles war okay, ich saß in einem Café im Schlafanzug und heulte, alles war okay, ich war nur erschöpft, sonst nichts, Su und mein Sohn, meine Schwester, die heiratete, Chef, der verschwinden würde, und all diese Körper in diesen Kisten, die man seit Ewigkeiten übereinanderstapelte. Das waren die Nerven, weiter nichts, die Erschöpfung, und meine Mutter, mit ihr haben sie es genauso gemacht, ich war fünfzehn, und sie haben sie in eine Kiste gesteckt, ich erinnere mich noch an meinen Vater an jenem Tag, an seine Erschöpfung und seine erstickte Stimme, auch an die Nachbarn und die Verwandtschaft, der Friedhof war nicht weit von unserem Haus, wir überquerten die Landstraße, der Weg ging durch weite Felder und führte zum Weiler hinauf, der Friedhof lag dort oben, Standbilder säumten einen Kreuzweg, große

Pinien waren gepflanzt. Im Sommer war alles voller Fliegen, und der Boden war mit Nadeln übersät. Nachts konnte man Sternschnuppen sehen, wir gingen mit unseren Freunden dorthin, wir nahmen die Räder, ein paar hatten Mopeds, aber sie fuhren nicht schnell, wir radelten hinter ihnen her, wir fuhren die Friedhofsmauer entlang, und dann gingen wir hinein, kletterten über die Mauer, wir hatten Fackeln dabei, wir lasen die Namen auf den Grabsteinen und lachten uns schlapp.

Meine Mutter haben sie in eine Kiste gesteckt, als ich fünfzehn war, und ich sah die Kiste in der Erde verschwinden. Ich erinnere mich an das gezeichnete Gesicht meines Vaters in der Kirche, mein Bruder hielt sich abseits, meine Schwester und ich klammerten uns aneinander. Der Priester redete über sie, in wessen Namen tat er das, in wessen Namen nahm er sich heraus, von ihrem Leben zu erzählen, von ihrer Zurückhaltung und Hingabe, ihrem katholischen Glauben und ihrer Opferbereitschaft. Ich denke an diesen ganzen Blödsinn, ich trinke Bier, und es ist nichts weiter, ich bin nur erschöpft. Auf dem Friedhof setzte mein Bruder seinen vorwurfsvollen Blick auf, seine Stimme war belegt, sie war teigig, und ich kriegte das Kotzen bei dieser Stimme und dieser kalten und distanzierten Art, mit der er jede Berührung mit meinem Vater vermied und Claire vorwarf, daß sie nicht da war, als sie den Sarg hinabließen, schon der Gottesdienst war zuviel für sie gewesen, sie hatte aus der Kirche gehen müssen, und die Kiste, als sie sie in die Grube legten, das war erst recht zuviel für sie, ich kann das verstehen, das ist nicht schwer zu verstehen. Meine Schwester hatte recht, es war richtig, daß sie sich das nicht antat, sich das nicht auferlegte, sie war gerade mal vierzehn Jahre alt. Mein Bruder kam zu mir, um mit mir zu reden, er wollte wissen, wo Claire steckte, und ich antwortete nicht, ich wandte ihm den Rücken zu, ging zwischen den Gräbern umher und betrachtete meine Onkel, wie sie in ihren engen Anzügen, ihren Krawatten und ihren Lackschuhen schwitzten, meine Tanten, wie tütelig sie waren, das heißt, nicht alle, manche waren auch auf die elegante Art aufgelöst, und meinen völlig erschöpften Vater. Um sich Mut zu machen, wollten sie vorher noch einen Schluck zu sich nehmen, sie hatten das Café des Alpes gestürmt, ein Pils oder ein Achtel Weißwein getrunken, es hatte eine seltsame Stille geherrscht, und niemand hatte es gewagt, sich anzusehen.

Schließlich zahlte ich und ging nach draußen. Ich kaufte mir eine Flasche Rum, das Zeug brannte in der Kehle, ätzte mir die Lungen weg, und ich bat einen Typen um eine Zigarette. Ich betrachtete mein Spiegelbild in den Schaufenstern, ich hatte dieses Pflaster und getrocknetes Blut im Gesicht. Der dunkelgraue Himmel hatte sich an einigen Stellen rosa oder violett verfärbt. Ich ging los und sah die Lichter, spürte die Luft auf meiner Haut, ich hatte Lust zu sterben, eine heftige Lust. Ich lief immer weiter, der quadratische Platz vor der Kirche, der Springbrunnen und die Lichter in den Bäumen. Ich legte mich auf eine Bank, ich schloß die Augen, und alles stürzte auf mich ein, meine tote Mutter und mein toter Vater und dieses Arschloch von meinem Bruder und meine Schwester und Su und dieses Kind, dieser ganze Blödsinn, ich dachte an all das auf einmal, der Mond war weiß und voll, ich hörte das Geräusch des Wassers und ein paar Autos. Leute gingen vorbei, sie waren fröhlich und redeten laut. Mir dröhnte der Kopf.

Die Verkäuferin sah mich mißtrauisch an. Ich fühlte mich unwohl in diesem Juwelierladen. Ich betrachtete die Vitrinen, ich war der einzige Kunde, die Verkäuferin hatte getönte Haare und trug ein marineblaues Kostüm. Ich befühlte das Bündel Geldscheine in meiner Hosentasche, kurz vorher war ich am Geldautomaten gewesen, ich hatte alles abgehoben, alles was mir blieb, nachdem ich die Miete bezahlt hätte. Su hatte gemeint, daß es vielleicht ein bißchen knapp wäre, aber man wußte ja nie, vielleicht reichte es auch. Ich betrachtete die Halsketten, die goldenen Ringe, die Armreifen und die Ohrringe, fand alles häßlich, dachte, daß ist nichts für sie. Für Su stellte ich mir lange indische Halsketten aus unechten Steinen in bunten Farben vor, vergoldete Amulette mit eingravierten Motiven, dreifache Armbänder oder dünne silberne Kettchen, die ich um ihre Knöchel legen würde. Ich entschied mich für ein schlichtes Schmuckstück, der Preis war machbar, ich ließ es noch verpacken, dann ging ich raus. Su hat sich bei mir untergehakt, und wir sind zu Fuß zu ihr gelaufen.

Ich setzte mich aufs Sofa, es war mit einem rot bedruckten Stoff bezogen, voller großer dunkelroter Blumen, Kirschbaumblätter und Vögel. Es schimmerte und glänzte, und Su saß neben mir. Vor uns stand Tee auf einem niedrigen Tisch. Ihre Mutter kniete sich hin, um uns einzuschenken. Sie trug ein dunkelgrünes besticktes Kleid. Ihr Vater starrte auf mein Pflaster und die blaue Schwellung über meinem rechten Auge. Er fing an, auf vietnamesisch zu reden. Su übersetzte, sie saß neben mir, sie wirkte wie ein kleines, braves, schüchternes Mädchen.

»Mein Vater möchte wissen, welchen Beruf du ausübst und ob du Geld verdienst.«

Ich sagte nein, im Moment nicht, aber das würde sich bald ändern, mein Schwager wüßte einen Job für mich, zur Geburt des Babys würde alles geregelt sein. Der Alte nickte, mir war nicht ganz klar, was das zu bedeuten hatte. Vor dem Fenster standen alle möglichen fetten exotischen Pflanzen. Ich packte den Schmuck aus, den Ring und die Ohrringe überreichte ich Su, das Armband und die Halskette ihrer Mutter. Die Alte sah sie sich lange und gründlich an, sie trug jede Menge Schmuck, ein ganz anderer Stil, ihre Ohrringe waren beeindruckend und bestanden aus unechten Steinen in bunten Farben. Schließlich sagte sie ein paar Worte.

»Sie dankt dir.«

Die Wohnung war überheizt und feucht, ein winziger Balkon ging auf den Vorplatz und die anderen Hochhäuser. Der Alte nippte an seinem Tee. Ich fragte Su, ob ich so was wie einen Antrag machen müsse, und verkündete den Eltern, daß ich um Sus Hand anhalten würde. Su übersetzte, und sie zeigten keine Reaktion, ich trank meine Tasse leer, und die Mutter schenkte mir sofort nach. Der Alte murmelte etwas daher.

»Er möchte wissen, was deine Eltern machen, wer sie sind und wo sie herkommen.«

Ich sagte, daß sie beide tot seien, daß mein Vater Bauarbeiter war, daß seine Familie aus Neapel stammte, daß meine Mutter Sekretärin in der Buchhaltung einer Installationsfirma gewesen sei und daß wir zusammen mit meiner Schwester und meinem Bruder in der Ardèche gelebt hätten, bis ich siebzehn war. Wieder nickte er merkwürdig mit dem Kopf. Dann stand er auf und ging aus dem Zimmer. Su sagte mir, daß das erst mal alles war, daß ich mich jetzt von ihrer Mutter verabschieden und gehen solle.

Im Spiegel des Fahrstuhls betrachtete ich mein Gesicht, ich nahm das Pflaster ab, die Narbe war violett geschwollen, und man konnte die Fäden sehen. Ich betastete sie, sie fühlte sich an wie eine Wasserblase, ich drückte ein wenig dagegen und hatte das Gefühl, als bekäme ich einen elektrischen Schlag in Auge und Gehirn. Zwischen den Wohntürmen wimmelte es von Leuten, die in tausend gegensätzliche Richtungen liefen. Ich ging in eine Bar und bestellte mir einen Whiskey. Ich fummelte einen der restlichen Scheine hervor und bezahlte. Es waren noch ungefähr zwei- oder dreitausend Francs. Das war ziemlich viel und gleichzeitig sehr wenig. Ich dachte an das Hochzeitsgeschenk für Claire, ich hatte noch nichts für sie gekauft.

Zu Hause waren die Fensterläden geschlossen, ich öffnete sie nicht. Im Briefkasten lag eine Benachrichtigung von der Post über ein Einschreiben. Ich dachte an meinen Boß, ich hatte ihn bedroht, und es hätte ihm ähnlich gesehen, zur Polizei zu rennen und Anzeige zu erstatten. Ich trank drei randvolle Gläser Whiskey, aber das war nicht genug, ich fühlte Panik in mir aufsteigen, ich wählte Claires Nummer, niemand ging ran. Ich rief bei Chef an, Marie nahm ab, sie sagte, daß Chef im Club sei, daß ich ihn auf seinem Handy erreichen könne. Ich legte auf und dachte, es wäre besser, wenn ich schlafen würde, daß ich Schlaf nötig hätte, daß mich diese ganze Geschichte nur deswegen so aufwühlte. Ich nahm mir eine Decke, legte mich aufs Sofa und rollte mich zusammen. Ich hörte die Züge ankommen und abfahren. Auf der Anrichte hatte sich die Sonne gedreht, und meine Schwester stand auf dem Kopf. Oben sah ich meinen Vater, wie er sich zu mir runterbeugte, unsere Gesichter berührten sich beinahe, und es ist irre, wie ähnlich wir uns auf diesem Foto sehen, wie nah wir uns sind und wie wir beide lächeln, seine linke Hand liegt auf meiner Schulter, ich sitze am Tisch, und er bückt sich, damit unsere Gesichter auf einer Höhe sind. Ich dachte an diese Ähnlichkeit und schloß die Augen.

Das Telefon klingelte, und Su war dran, sie rief von einer Telefonzelle aus an, sie war in Tränen aufgelöst und konnte kaum sprechen. Ich wußte sofort, was los war. Ihre Eltern hatten ihr Urteil gefällt. Sie hatten kein Vertrauen in uns und verweigerten die Zustimmung zur Heirat. Ich fragte sie, was sie mit dem Baby vorhabe. Sie antwortete nicht, sie sagte, daß sie aufhören müsse, und ich begriff, daß sie aufgelegt hatte.

Mein T-Shirt war fleckig, ich hatte mein Hemd zugeknöpft, aber man konnte es trotzdem sehen. Ich ging aus der Post raus. Ich betrachtete mich in einem Schaufenster, ich sah gräßlich aus. Ich steckte den Brief in die Tasche. Ich hatte ihn kurz überflogen, ich wußte, was drin stand, noch bevor ich ihn geöffnet hatte. Man bestellte mich für nächsten Dienstag um neun Uhr aufs Kommissariat. Gegen mich war Anzeige erstattet worden.

Die Stationen zogen vorbei, und ich dachte an meinen Boß, an den Cutter, den ich ihm an die Kehle gehalten hatte, was war da nur mit mir los gewesen? Ich dachte daran, daß sie mir ein Bußgeld verpassen würden, daß ich ihre Fragen beantworten müsse, und all das machte mich wahnsinnig, ich stellte mir vor, wie ich in einem grauen Büro mit verzogenen Schränken, in dem alles nach Instantkaffee riecht, diesem Bullen gegenübersitze, ich stellte mir vor, in welchem Ton er mit mir reden, was für Fragen er mir stellen würde, und es schnürte mir die Kehle zu. Ich zählte wieder und wieder mein Geld und überlegte, daß mir mit dem Geschenk, das ich für Claire gekauft hatte, nichts oder fast nichts blieb, um die nächsten Wochen über die Runden zu kommen, und erst recht nichts, um einen Anwalt, Schmerzensgeld oder Verdienstausfall an meinen Boß zu zahlen. Ich hatte keine Ahnung, wo ich die Kohle herkriegen sollte. Es reichte nicht mal mehr für die Miete.

Der Parkplatz war brechend voll, und Typen in Dreiteilern stiegen aus blitzblanken Autos. An den Antennen hingen weiße und rosafarbene Bändchen, die Kinder im Sonntagsstaat wurden von ihren Müttern zusammengestaucht. Das Rathaus war ein viereckiges Gebäude mit Schieferdach. Die Mauern waren blaßrosa gestrichen. Das Ganze sah aus wie ein riesiger Kuchenkarton. Dahinter lag ein Stück Rasen mit Kieswegen, wo schnurrbärtige Männer Boule spielten. Ich entdeckte meinen Bruder, und seine Frau entfernte sich, sobald sie mich erkannte. Er hat mir die Hand geschüttelt, und ich hielt ihm umsonst meine Wange hin, es war das erste Mal, daß ich ihm die Hand schüttelte. Immerhin war er mein Bruder. Er trat einen Schritt zurück und begutachtete mich von Kopf bis Fuß wie ein General, der seine Truppen mustert. An meinem blau geschwollenen Auge, an meinem ramponierten Gesicht blieb sein Blick hängen. Er trat noch einmal nah an mich heran und sagte, daß ich eine Fahne hätte. Ich gab zurück, daß das angesichts der Tatsache, daß ich Alkohol getrunken hätte, ganz normal sei.

»Du hättest dir wenigstens was Anständiges anziehen …«

»Sei froh, daß ich überhaupt was anhab.«

»Tu nicht so blöd, Antoine, du hättest dir schon einen Anzug anziehen können.«

»Ich habe nur einen, und der ist für die Beerdigungen.«

»Du siehst echt aus wie ein Zombie.«

»Und du siehst echt aus wie ein Wichser.«

Ich sagte es und hätte es besser für mich behalten, es war mir so rausgerutscht, ich hätte es nicht sagen sollen, aber es war eben meine Meinung. Mein Bruder sah aus wie ein Wichser, da war nichts zu machen. Er streckte seinen Arm aus und quetschte mir den Kiefer zusammen. Er drückte zu wie ein Bekloppter, und meine Wangen berührten sich in meinem Mund. Er zitterte, und ich sah, wie seine Halsadern anschwollen. Er fauchte, daß er mich nicht mehr sehen wolle, daß er sich für mich schämen würde, daß Papa und Maman sich schämen würden, wenn sie mich so sähen. Er war außer sich, und mein Gesicht tat höllisch weh. Ich stieß ihn weg, ich überlegte nicht lange, ich verpaßte ihm einen Leberhaken, und er klappte zusammen, röchelte, keuchte sich die Lunge aus dem Leib, ich verpaßte ihm noch einen, und er sank auf die Knie. Er kriegte keine Luft mehr, er hustete, und sein großer Körper lag wie ein Wrack auf dem Boden. Ich bin abgehauen, von mir aus konnte er verrecken, es war mir scheißegal.

Im Hochzeitszimmer klebte Teppich an der Wand, beige und grauenvoll, und vor der Fensterreihe standen ein großer ovaler Mahagonischreibtisch und samtbezogene Sessel mit runden Rückenlehnen. Die meisten Plätze waren schon besetzt, und ich kannte niemanden, die Frauen trugen Hüte mit Schleier, die Männer elegante dunkle Anzüge, ich hockte mich nach hinten neben ein Mädchen in einem bonbonfarbenen rosa Kostüm. Sie sah mich in einem fort schräg von der Seite an und verzog angeekelt das Gesicht. Der Bürgermeister trat ein, gefolgt von einer Frau, die genauso dick war wie er, er schaute vergnügt in die Runde, und quer über seinem Anzug prangte eine blau-weiß-rote Schärpe. Ich nehme an, man konnte von ihm behaupten, daß er jovial war. Jovialität ist etwas, da könnte ich kotzen. Er legte seine Unterlagen auf den Schreibtisch, und irgendwann hatten sich alle hingesetzt, überall flüsterte und kicherte es. Unentwegt wurde sich zugewinkt und zugelächelt. Dann war es plötzlich still, ein Lied erklang, und es trieb mir die

Tränen in die Augen, dieses Scheißlied, bestimmt hatte Claire es ausgesucht, es war eins von den italienischen Liedern, die Papa immer gehört hatte. Alle Köpfe drehten sich zur Flügeltür, und da kam sie, Pierres Vater hielt ihr den Arm, sie durchquerte den Saal und blieb vor dem Bürgermeister stehen, die Hände verschränkt, sie trug ein rotes Kleid und einen Mantel aus durchsichtigem Stoff. Ihre Haare waren zu einer seltsamen Frisur hochgesteckt, in die sie eine Art Astwerk mit kleinen Blumen geflochten hatte. Sie war zum Sterben schön, sie strahlte. Man sah ihre zarten und glatten Schultern, ihre Schlüsselbeine wie aus Glas. Die Musik verstummte, und Pierre erschien, sein schwarzes Jackett hob sich von seinem weißen Hemd ab, sein offener Kragen von seiner Haut. Er stellte sich neben Claire. Der Bürgermeister bat die beiden, sich zu setzen. Ich ging raus eine rauchen.

Ich fand eine Bank, setzte mich hin und wartete, daß sie drinnen fertig würden. Ich drückte meine Kippen in Blumenkübeln aus, in denen Geranien vor sich hin welkten. Das Ganze dauerte ungefähr zwanzig Minuten, nicht länger. Ich war gerade bei meiner vierten Zigarette, als sie rauskamen. Sie bildeten ein Ehrenspalier, brachten ihre Fotoapparate in Stellung, und als Claire und Pierre heraustraten, regnete es Reis und Blüten, Seidenschmetterlinge und Tortellini, der italienischen Abstammung meiner Schwester zu Ehren, nehme ich an.

Die versetzten Tischreihen waren mit Namensschildchen bedeckt, und vor jedem Teller lag eine Menükarte, auf deren Rückseite in kalligraphisch geschwungener Schrift Claire und Pierre geschrieben stand. Zwischen den Tischen und auf dem Tanzparkett liefen Kinder unter aufgehängten Lampions hin und her. Das Brautpaar traf ein, alles begab sich zu seinen Plätzen, und Claire lächelte. Als das Essen kam, habe ich mich verzogen, ich hatte keinen Hunger und konnte den Lärm und die Leute an meinem Tisch nicht ertragen, die sehr laut lachten und von denen ich keinen kannte. Am Seeufer waren die Kinder, sie warfen Kieselsteine ins Wasser und spielten fangen. Ich legte mich auf eine Bank und rauchte eine Zigarette. Man hörte die Musik, das Gelächter und die Ansagen übers Mikro. Der Mond war halb leer.

Ich hörte sie singen, sie hatten den Text eines alten Schlagers von Michel Fugain abgeändert, um uns die schöne Geschichte von Claire und Pierre zu erzählen, sie, sie kam aus der Ardèche, und er, er träumte vom Mittelmeer, sie, sie hatte keine Mittel mehr, doch sein Konto gab genug für beide her. Ich hörte den Text und die Lachsalven, ich wollte mir Claires Gesicht nicht vorstellen, auch nicht darüber nachdenken, daß mein Vater nicht hier war, bei der Hochzeit seiner Tochter, über all das wollte ich nicht nachdenken. Ich schloß die Augen, und es war wie am Flußufer. Ich hörte die Schreie der Kinder, hörte Steine ins Wasser plumpsen, und Claire war bei mir auf den Felsen, wir rauchten, ich strich ihr mit der Hand durchs Haar, sie war eingeschlafen, es waren stille und sanfte Momente, alles war friedlich, es waren so seltene und so sanfte Momente, mein Herz schlug ruhig, und meine Augen blickten ruhig, und meine Haut und mein ganzer Körper ruhten hier auf den Felsen und Claires Hand auf meiner Stirn, auf meinen Haaren.

Ich mußte weggehen, ich konnte ihr Gegröle nicht mehr ertragen, ich strich zwischen den Wohnblöcken umher, ein paar Typen ließen Joints kreisen und hörten Musik aus riesigen Gettoblastern. Ein bißchen weiter kamen Reihenhäuser, schmale Häuser mit orangefarbenen Dachziegeln, immergleiche Häuser in immergleichen Straßen, die aussehen wie meine, so, wie alles aussieht, überall immergleiche Straßen, am Rand von Autobahnen und Eisenbahnstrecken, am Rand von Wohnsiedlungen, rote Backsteinfassaden, verkümmerte Grünanlagen, es roch nach Nässe und Qualm, nach Nebel und Laub. Ich lief an Schrebergärten vorbei, an Niemandsland, ich bog immer rechts ab, ich dachte mir, daß ich auf die Weise zwangsläufig da rauskommen mußte, wo ich losgegangen war. Durch die Fenster sah man Typen in ihren Sesseln vor ihren Fernsehern sitzen und Sport gucken, die Kinder waren nach Haus gekommen, sie hatten in den Pfützen Ball gespielt, bis es dunkel wurde, und sich die Knie auf dem Beton aufgeschlagen. Die Älteren waren noch draußen, saßen auf ihren Mofas und rauchten Zigaretten. Sie trugen glänzende Trainingsanzüge, kurzgeschorene Haare und hatten die Fresse voller Pickel.

Ich lief weiter, und es tat mir gut, ich bog noch einmal rechts ab, und dann sah ich wieder den See und das Hochhaus, das alles überragte, ich sah die Lichter und die Lichterketten, hörte die Musik und das Gelächter, die Lieder. Ich ging in den Saal, und der Typ mit dem Mikro kam direkt auf mich zu, fragte mich nach meinem Namen und wer ich sei und ob ich was gegen eine kleine Runde Karaoke hätte, ich hielt nach meiner Schwester Ausschau, aber ich konnte nichts erkennen, Scheinwerferlicht blendete mich, und meine Augen brannten, und der Typ mit dem Mikro sagte, na los, eine kleine Rede für Ihre Schwester, Sie haben uns doch bestimmt was über sie zu erzählen, und die Idioten an den Tischen fingen an zu grölen, eine Rede, eine Rede, und das Licht und dieser Spinner mit seinem Mikro machten mich wahnsinnig, das machte mich alles dermaßen wahnsinnig, und ich brüllte »halt die Fresse, verdammte Scheiße, du hältst jetzt die Fresse«. Ich brüllte, ich konnte nicht mehr, ich ging nach draußen, ich wollte sie nicht mehr sehen ich wollte niemanden mehr sehen nicht mal meine Schwester wollte ich mehr sehen ich hatte die Schnauze voll. Ich ging zum Bahnhof und biß die Zähne zusammen, zwei hatte ich bei Kämpfen verloren, zwei hatte ich ans Boxen verloren. Am liebsten hätte ich geflennt, geflennt wie ein kleines Kind, Papa gesagt, Maman gesagt, ich war fix und fertig mit den Nerven, ich nahm den Regionalzug, und eine unglaubliche Wut stieg in mir hoch. Ich ging durch die ekelhafte schwüle Nacht und fand Paris auf einmal nur noch zum Kotzen.

Die erleuchteten Fenster des Wohnturms in der Nacht waren Rechtecke aus gelbem Licht. Ich stieg die Treppen hoch, auf jeder Etage hörte man Stimmen und Musik aus laufenden Fernsehern. Ich klingelte, und ihre Mutter machte mir auf. Sie gab irgendein Kauderwelsch von sich, ich hörte nicht hin, ging an ihr vorbei in Sus Zimmer. Sie lag ausgestreckt auf dem Bett, hörte eine CD und rauchte eine Zigarette. Sie sprang auf und warf sich mir in die Arme, ich mochte es, sie an mich zu drücken, sie verkroch sich in meinen Armen und war so klein. Ich hörte Türenschlagen und Geschrei. Ich sagte Su, sie soll ihre Sachen packen und mit mir kommen.

»Sie geht nirgendwo hin. Du verpißt dich jetzt, und wenn ich dich noch einmal hier sehe, schlag ich dir den Schädel ein, kapiert?«

Ich drehte mich um, Sus Bruder stand im Türrahmen und starrte mich an. Er fragte, was ich hier zu suchen hätte. Ich packte Su am Arm, sie hatte wahnsinnige Angst, ich machte einen Schritt nach vorn, ihr Bruder rührte sich nicht von der Stelle, hinter ihm seine verängstigten Eltern.

»Laß sie los, du Idiot, laß sie los und verpiß dich.«

Er ging auf mich zu, und unsere Gesichter berührten sich fast, ich spürte seinen Atem, seinen säuerlichen Mundgeruch, seine Haut dünstete Alkohol aus. Er streckte den Arm aus und drückte mir mit aller Kraft die Kehle zu. Ich ließ Su los, es tat höllisch weh, ich kriegte keine Luft mehr, einen Augenblick lang fragte ich mich, was gerade mit mir passierte, ob ich jetzt vielleicht ohnmächtig werden würde. Schließlich reagierte ich, ich riß mich los und jagte ihm eine Gerade auf die Leber, so fest ich konnte, ich schloß die Augen, ich brüllte und schlug zu. Er ließ mich los, krümmte sich und schnappte nach Luft, ich rannte aus dem Zimmer, ich rannte den Gang runter, und da sah ich sie, sie waren zu fünft oder zu sechst, bestimmt hatten Sus Eltern ihnen Bescheid gegeben, zwei von ihnen hielten Baseballschläger in den Händen, Su schrie mir hinterher, daß ich weglaufen solle, und ich rannte ins Treppenhaus, ließ den Aufzug links liegen, rannte die Treppen runter, immer vier Stufen auf einmal, siebzehn Stockwerke, ganz bis nach unten, ich hörte ihr Gebrüll, sie grölten, sie schnauzten sich an, sie brüllten tausend Dinge, die ich nicht verstand, und ihre Schritte hallten durchs Treppenhaus. Auf halber Strecke kam mir der Aufzug entgegen, der zu ihnen hoch fuhr.

Unten warteten sie schon auf mich, ich rannte weiter, wich nicht aus, griff an, ich rannte voll in sie rein, und einer fiel hin, sein Messer lag auf dem Boden, ich bückte mich, um es aufzuheben, richtete mich wieder auf, der andere stürzte sich auf mich, ich riß den Arm nach vorn, zitterte nicht mal dabei, die Klinge drang ein, und Blut spritzte hervor.

Ich rannte aus dem Gebäude, hörte ihr Gebrüll hinter mir, ich rannte, und der Boden war glitschig, ich spürte, wie der Regen mein Hemd durchnäßte, der Platz war menschenleer, ich sah die roten und grünen Lichter, die Girlanden und die erleuchteten Schaufenster, ich rannte hindurch, am Ende des Platzes kamen Autos und Bürgersteige, die Leute in den Straßen und all die Restaurants. Ich rannte die große Avenue hinunter, die zum Bahnhof, zum Krankenhaus und zur Seine führte, der Himmel war gelbgrau und von giftigen blauen Streifen durchzogen.

III

Ein fragwürdiger Rückzugsort

Christophe

Morgens ist das Licht, das auf die Villen, die orangefarbenen Felsen und die Mimosen fällt, schneidend und präzise. Die Luft ist noch kühl, die Hotels sind verschlafen, und die Nachtclubs haben eben erst zugemacht.

Ich laufe am Wasser entlang, und es liegt da wie ein Spiegel aus unzähligen Lichtreflexen, ein gewaltiger zerbrochener Spiegel. Es ist windig, und die Olivenbäume über dem Weg erschaudern und wiegen sich. Wenn man das wilde Kap mit den steilen Pfaden umgehen will, muß man an einer bestimmten Stelle das Ufer verlassen. Es sind kaum Autos unterwegs, und der Himmel ist mit rosafarbenen Rissen durchzogen.

Ich laufe der Sonne entgegen, in den Gärten blühen Gardenien, und Gras verdörrt unter Palmen. An den Hängen sind Korkeichen gepflanzt, bis zu den Hügelkämmen hinauf, die mit verschiedenfarbenen Zinnen gespickt sind. Ich schnaufe, und wenn ich den Mund öffne, spüre ich den Wind an meinem Zahnfleisch.

Ich laufe weiter, und vor mir erstreckt sich die Bucht wie ein makelloses Croissant aus Wasser und Sand. Am Strand werfen Leute Stöckchen für ihre Hunde. Es ist frühmorgens, ich bin fit, und ich laufe am Meer entlang, vorbei an Wohnhäusern, geschlossenen Geschäften, dem Casino und den Imbißbuden. Ich habe nicht geschlafen, aber das macht nichts, mein Job ist nicht anstrengend, Hotels sind wie Tote, sie kommen ganz gut allein zurecht.

Letzte Nacht hat Chef mir Gesellschaft geleistet, hin und wieder tut er das. Wir haben gepokert, und Chef hatte wie immer eine Flasche Whiskey dabei. Wenn ich am nächsten Tag trainiere, trinke ich nicht so viel.

Es ist noch früh, das Café hat gerade erst aufgemacht, ich mag die Terrasse, das blaue Tau, die Erhöhung auf dem Sand. Die Kellnerin lächelt mir zu, sie ist fast rothaarig, und ihr Name ist Juliette. Sie fragt, ob ich mich nicht lieber reinsetzen möchte, wegen des Windes. Nein, möchte ich lieber nicht. Sie verschwindet, und durch die Scheiben des Restaurants sehe ich sie hinter der Bar hantieren, der Inhaber steht an der Kasse unter dem Bambusdach und pfeift vor sich hin, manchmal singt er sogar. Sie kommt mit zwei Tassen zurück, sie setzt sich mir gegenüber, und wir trinken gemeinsam, während der Tag anbricht, während die Blautöne des Himmels und des Meeres einander antworten, von Türkis bis zu den zuckrigen Tönen, die das Wasser über den Sandbänken weit draußen annimmt. Haarsträhnen flattern wie wild um ihren Kopf, und sie streicht sie sich mit einer Handbewegung hinter die Ohren.

Vom Fenster ihres Zimmers aus kann man die beiden Buchten sehen, die das Felskap voneinander trennt. Nachts leuchten dort tausend kleine Punkte im Wasser, dort, wo sich die blauen und rosafarbenen Neonlichter spiegeln. Wir rauchen Joints auf der Terrasse, ihre Haut ist weich und übersät mit Sommersprossen. Die Nächte sind kalt, und wir rauchen Seite an Seite auf den großen Fenstersimsen, eingemummt in unsere Schlafsäcke, unsere Dekken, unsere Mützen, unsere Schals. Sie stellt mir keine Fragen. Sie kann es sich denken, ohne es zu wissen, und wahrscheinlich ist es besser so. Auch sie ist aus Paris abgehauen und an einem Frühlingstag allein hier aufgetaucht. Erst hat sie sich versteckt. Das Haus gehörte ihrer Großmutter, ihre Familie kam nur noch selten hierher, der Schlüssel war unter der Gießkanne versteckt, daran konnte sie sich noch erinnern. Schließlich hat sie sich einfach hier eingerichtet, und niemand hatte was dagegen. Zweimal im Jahr kam ihre Großmutter für ein bis zwei Wochen zu Besuch, so war die Abmachung. Ich weiß es von meinem Boß im Hotel, sie erzählt mir nichts.

Ich habe das Gefühl, daß wir auf eine Art beide noch mal von vorn anfangen, und ich küsse sie tief in der Nacht. Ihr Mund schmeckt anders, und ihre Taille ist nicht so schmal. Der Nachtwind wäscht uns rein und erneuert uns, ihre Zunge pflügt durch meinen Mund, und meine Hände ziehen Kreise und Schleifen auf ihrem Rücken. Aus dem Wohnzimmer dringt Chets schwache Stimme zu uns. *My funny Valentine*, und unsere Hände verschränken sich. Ich sehe sie an, und plötzlich ist ihr Gesicht eine helle ruhige Zuflucht.

Ein paar Gäste sind eingetrudelt, Italiener, von denen gibt es viele um diese Jahreszeit. Juliette ist aufgestanden, ich mag ihre Freundlichkeit und die brüchige Sanftheit ihrer Stimme. Sie haben heiße Schokolade bestellt, und die Kinder spielen im Sand. Sie hat mir ein Bier auf Kosten des Hauses gebracht, ich habe es getrunken, und die Sonne blendete mich und wärmte die Haut in meinem Gesicht, trotz der Kälte. Ich vergrub die Hände in den Taschen. In einer steckte die Mundharmonika meines Vaters, ich befühlte das metallene Mundstück und das Holz drum herum.

Ich saß auf der Hafenmole und hatte das Café im Blick. Die Sonne hatte sich versteckt, das Meer war grau und blau und voller Strudel, es wirkte kraftvoll und lebendig. Ich mochte diesen Platz, die Gischt wehte mir ins Gesicht, und das Wasser plätscherte um meine nassen Schuhe. Ich lief noch ein Stück am Meer entlang, dann ging ich nach Hause und duschte. Das Haus lag etwas zurückversetzt und war gelb verputzt. Von meinem Fenster aus sah ich den Strand, der mit Tang bedeckt und unter ihm geborgen war, ich sah die Straße nach Cannes, wie sie über dem Wasser hing und sich an den roten Klippen entlangschlängelte, die von kleinen Felsbuchten durchzogen waren, in denen Juliette und ich unsere Sonntagnachmittage verbrachten. Wenn sie mich abholte, kletterte ich in ihr kleines Auto, wir fuhren die Küstenstraße entlang und stiegen die Zementstufen hinab. Wir saßen im Sand und lauschten dem Klicken der Kiesel und dem Schlürfen des zurückfließenden Wassers. Die Sonne senkte sich langsam ins Meer. Kinder krempelten sich die Hosen hoch und liefen durch die Wellen, ein Typ zog einen Taucheranzug an und verschwand im smaragdgrünen Wasser. In der Ferne schimmerte der Himmel zitronengelb, und Juliette schmiegte sich an mich. Ich las alte Taschenbücher, die sie mir mitgebracht hatte, sie hatte sie im Haus in der Anrichte gefunden und eins nach dem anderen verschlungen, Fante, Carver, Brautigan, solche Sachen, ich las sie mit dem Rücken gegen den Felsen gelehnt, und wir blieben, bis die Sonne untergegangen war, und manchmal, an windstillen Tagen, blieben wir länger. Manchmal warteten wir, bis es Nacht war und der Meereslärm die Luft erfüllte, ich schob ihren Rock hoch und liebte es, ihr Gesicht in meiner Achsel zu spüren.

Die Sporthalle war direkt an die Kirche gebaut. Um hinzugelangen, mußte man den Bus nehmen. Er war überheizt, und es fuhren nur alte Leute mit. Omis mit blauen Haaren, die wir an den Thalassozentren rausließen, Opis, die sich die Lunge aus dem Hals in braune Stofftaschentücher husteten. Ich stieg an der Endhaltestelle aus, bald war Weihnachten, und die Bahnhofsstraße war hell erleuchtet, am Himmel funkelten haufenweise Sterne, und sogar hier konnte man noch das Meer hören, das um diese Zeit eine glatte schwarze Fläche war.

Die Halle war klein und die Mauern aus Zement. Es gab nur einen einzigen Ring, der stand in der Mitte. In ihm machte ein Typ ein paar Trockenübungen. Die Scheinwerfer knallten auf ihn drauf. Chef war mit zwei Jungen bei den Säcken. Seitdem er hier war, mußte er fünf oder sechs Kilo abgenommen haben, er wirkte größer und jünger. Er hatte sich den Kopf kahlrasiert und seine Wollmütze gegen einen bedruckten Sommerhut eingetauscht. Er rief einen Typ hinten in der Halle zu sich. Nimm dich in acht, das ist ein Neuer, technisch hat er nicht viel drauf, aber er ist verdammt schnell. Der Typ schüttelte mir die Hand und stieg in den Ring.

Im Ring fühlte ich mich sofort wohl, obwohl ich kaum geschlafen hatte. Der Typ war verteufelt schnell, aber ich hielt mit, meine Beine waren flink, ich spürte alles, und es war, um ehrlich zu sein, lange her, daß ich mich so gut gefühlt hatte.

Ich war fertig, die Pizzeria lag direkt am Meer, und Chef leerte die Flasche Vacqueyras mehr oder weniger allein. Marie schaute ihn groß an, die Kinder hatten Hunger, sie wollten Pommes und keine Pizza. Die Kellnerin nahm die Bestellungen auf. Durch die Scheiben sah ich sich bewegende Punkte und Lichter auf dem Wasser, und es sog mich auf, es war Wahnsinn, wie mich das aufsog, das Meer, Tag und Nacht, wie es mich erfüllte, es war, als ob es mich öffnete, als ob nichts fehlte. Als könnte ich hier endlich wieder atmen. Auch Chef sah aus, als ginge es ihm gut, ein wenig gedankenverloren vielleicht, aber gut. Marie fragte mich, ob ich Nachrichten von Su hätte, ich wußte nichts Neues, ich hatte ein paarmal versucht, sie anzurufen, aber immer war ihr Vater oder ihre Mutter rangegangen. Als Chef letztens nach Paris gefahren war, hatte er einen Brief von mir für sie mitgenommen, er hatte ihn ihr nicht persönlich geben können, bestimmt hat sie ihn nie gelesen. Ich wollte lieber nicht daran denken, Marie merkte das, und wir wechselten das Thema. Dann ist sie mit den Kindern gegangen, und Chef und ich hockten noch ein bißchen an der Bar. Wir kippten Martinis, und durchs halboffene Fenster strömte Meeresluft herein. Draußen war es kühl, und wir schlenderten die Uferpromenade entlang, es war Vollmond, und die Sterne sahen aus wie Reißzwecken. Das Meer schimmerte silbern, Chefs Augen blickten ein wenig ins Leere, er sagte lange nichts und dann, daß er froh sei, daß ich hier bin, daß ich für ihn irgendwie zur Familie gehöre, also, kurz gesagt, daß er froh sei. Ich auch, ich war auch froh, hier zu sein, bei ihm, seiner Frau und seinen Kindern.

Ich nahm den Pfad, der zwischen den Gärten hindurch hinaufführte, zwischen den Häusern mit Swimmingpool, von denen die meisten unbewohnt waren, Zweitwohnsitze oder Villen, die nur im Sommer vermietet wurden. Juliette wohnte ganz oben, der Weg war steinig, und nachts mußte man aufpassen, nicht zu stolpern. Ab und zu drehte ich mich um und blickte hinab auf die Bucht. Heute abend konnte man sehr weit sehen, die Lichter von Saint-Tropez leuchteten golden und oszillierten. Ich ging ums Haus herum, und auf der Terrasse brannte Licht für niemanden. Im Garten wuchsen rosa- und malvenfarbene Blumen, ein paar Thymiansträucher und Lorbeerbäume. Ich drückte die Tür auf, Juliette hatte sie für mich angelehnt, ich mochte das, daß sie sich vor nichts fürchtete, daß sie den Schlüssel nicht zweimal rumdrehte, wenn sie allein im Haus war, hoch oben über der Bucht.

Sie hatte ein Glas Whiskey für mich auf dem Wohnzimmertisch stehen lassen, und die Lichter der Anlage blinkten im Halbdunkel. Ich zog den Schaukelstuhl zum Fenster, trank den Whiskey und steckte mir eine Zigarette an, Billie Holiday sang, und ich spürte, wie mich der Schlaf übermannte. Ich muß eine oder zwei Stunden geschlafen haben. Es herrschte vollkommene Stille, und wenn ich mich konzentrierte, konnte ich Juliettes tiefe Atemzüge aus dem Zimmer nebenan hören. Ich zog mich aus und schlüpfte zu ihr unter die Bettdecke. Sie lag auf der Seite, ich schmiegte mich an sie, mein Schwanz lag in der Spalte ihrer Hinterbacken, sie grummelte, weil mein Körper kalt war. Ich küßte ihren Nacken, und sie drehte sich herum, ihr Mund war heiß, und ihr Atem roch nach Honig und Tabak.

Heute morgen rief Claire an, sie schien besorgt, wollte wissen, was ich mache, wie es mir geht. Ich hatte gute Lust, ihr zu sagen, daß die Entfernung, meine Flucht, daß all das nichts änderte, daß ich so oder so meilenweit von ihr entfernt war und sie meilenweit von mir, und daß es im Grunde mit uns vorbei war. Aber ich sagte nur: »Ich umarme dich, kleine Schwester«, und sie antwortete: »Paß auf dich auf, Bruderherz«, und das war eigentlich alles. Ich weiß nicht, warum mir das jetzt wieder durch den Kopf geht, es spielt gar keine Rolle mehr.

Ich trank einen Schluck Wodka, steckte mir einen Zigarillo an und vertiefte mich wieder in mein Buch, einen Roman von Jim Harrison, den ein Gast an der Bar hatte liegen lassen. Ein Pärchen kam rein, sie nahmen mich kaum wahr, sie waren zu sehr damit beschäftigt, sich so heftig wie möglich zu befummeln und sich die Zungen in ihre aufgerissenen und aneinandergesogenen Münder zu stecken. Das Mädchen war blond, und ihr extrem kurzes, enganliegendes weißes Kleid verriet einen perfekten Körper mit Silikontitten. Ihre Lippen waren aufgespritzt und grell geschminkt, ihre Haut war gebräunt, und unter ihrem Kleid erahnte man einen String, der ihren hervorstehenden Arsch in zwei Teile schnitt. Der Typ hörte nicht auf, sie zu begrapschen, vor allem ihren Busen, und seine Hände verschwanden unter dem Stoff, dann unter ihrem Höschen, ihr Atem ging schneller, und als sie anfing, zu stöhnen, sah er mir direkt in die Augen. Ich gab ihm den Zimmerschlüssel. Er fragte mich, ob ich einen stehen hätte, ich sagte ja. Er nahm den Schlüssel und zog das Mädchen ins Treppenhaus.

Ich hatte nichts mehr zu trinken, ich nahm mir ein paar kleine Flaschen J & B aus der Minibar, es schmeckte ekelhaft, meine Eingeweide verkrampften sich, ich hatte das Gefühl, Desinfektionsmittel zu trinken. Es waren nur sechs Zimmer belegt, man hörte keinen Laut, bestimmt glotzten sie Kabel oder Satellit, keinen von ihnen würde ich wiedersehen, bevor der Morgen graute. Dann würden einige runterkommen, um zu frühstücken. Sie würden dasitzen, sich über ihre Tabletts mit Blumenmuster beugen, laut schmatzen und den Fernseher anstarren, der von der Decke hängt.

Ich machte es mir auf dem Sofa mit dem pastellfarbenen Bezug bequem. Ein Mann kam vom vierten Stock runter, dem Zimmer mit Meerblick, er fragte mich, ob ich irgendwas zu trinken da hätte, ich bot ihm an, den Whiskey mit mir zu teilen. Ich ging ins Zimmer eins, das nie einer haben wollte, im Erdgeschoß, mit Blick auf den Parkplatz, und holte die Zahnputzgläser aus dem winzigen Badezimmer. Er hatte sich aufs Sofa fallen lassen und schniefte. Ich schenkte ihm ein, als er den ersten Schluck nahm, verzog er das Gesicht, ich betrachtete ihn, er trug einen grauen Anzug, und sein Hemd spannte über seinem Bauch. Er hatte sich mit seiner Tochter gezofft. Es war das erste Mal, daß sie zusammen in Urlaub fuhren, sie war vierzehn, und er hatte den Eindruck, ein Fremder für sie zu sein. Ich nickte und ließ ihn reden.

Am Morgen ging ich nach Hause, der Strand war weiß und das Dezemberlicht sehr klar.

Als ich ankam, stand die Wohnungstür offen, ich ging rein, und drinnen sah es aus, als ob eine Bombe eingeschlagen hätte. Sie hatten die Schränke durchwühlt, meinen Koffer aufgemacht, Fotos lagen verstreut auf dem Boden.

Ich ging zum Fenster. Auf dem Bürgersteig gegenüber parkte der Polizeiwagen. Rechts war die Straße gesperrt. Zwei Typen in Uniform verständigten sich über Walkie-Talkie.

Die bringen das volle Programm, dachte ich.

Einer der beiden zeigte mit dem Finger auf mich.

Ich gab ihnen zu verstehen, daß ich runterkäme.

Danksagung

Olivier Chaudenson, für den Titel und den Rest, Alix Penent für seine Ratschläge und dafür, daß er für mich da war, beiden für ihre Geduld und ihre Freundschaft.

Arnaud Cathrine und Eric Holder, dafür, daß sie mich bis *À l'Ouest* begleitet haben (an dieser Stelle sollen sie wissen, wie sehr ihre Unterstützung und ihr Enthusiasmus mir geholfen haben).

Olivier Cohen und Laurence Renouf für die Genauigkeit und die Strenge ihrer Lektüre.

Den Eigentümern der Häuser, die ich auf meiner Reise als Unterkunft nutzen durfte (Agay, Lalevade d'Ardèche).

Weitere Bücher aus dem
SchirmerGraf Verlag

Olivier Adam
Am Ende des Winters

Erzählungen. Aus dem Französischen von Carina von Enzenberg. 157 Seiten. Leinen mit Schutzumschlag und Lesebändchen

Der Überraschungsbestseller aus Frankreich, dort gefeiert als literarisches Ereignis. Adams Helden sind Nighthawks, einsame Schwärmer, die alle ahnen, daß es das Glück gibt, irgendwo, und daß sie nur die Hand danach ausstrecken und es festhalten müssen.

Es ist der zarte Lichtstreif am Horizont, das Streicheln über den Kopf eines schlafenden Kindes, der vage Traum vom Familienglück, der diesen Geschichten ihre einzigartige Emotionalität und Wehmut und Wärme verleiht. Ihre Helden stehen nicht am Rande der Gesellschaft, sondern mittendrin, sie ahnen, daß es so etwas wie Glück gibt, aber auch, wie flüchtig und zerbrechlich es ist.

»Geschrieben mit einem Zartgefühl, so sanft wie fallender Schnee.« *Le Nouvel Observateur*

»Ein karger, präziser, mitreißender Text … eine berückend schöne Eisblume.« *Frankfurter Allgemeine Zeitung*

Ludovic Roubaudi
Die Feuerwehrfrau

Roman. Aus dem Französischen von Gaby Wurster. 208 Seiten. Leinen mit Schutzumschlag und Lesebändchen

Jeder kleine Junge will Feuerwehrmann werden – und jedes große Mädchen träumt von einem. Wie aber sieht es umgekehrt aus? Erfolgsautor Roubaudi geht der wichtigen Frage mit Witz, Tempo und viel Gefühl nach. Die schrägste Satire, seit es Männer und Frauen gibt, spielt dort, wo die Männlichkeit in ihrem Element ist: bei der Feuerwehr.

»Daß Malavoie eine harte Nuß sein würde, war uns allen klar. Die Sache mit den Kuhaugen in der Suppe hat er ja noch geschluckt – im wahrsten Sinne des Wortes. Aber jemand, der viel darauf hält, die vollendete Männlichkeit zu sein, der kommt schon mal in die Bredouille, wenn ihm eine Frau als Chefin vor die Nase gesetzt wird.

Unsere beschauliche Routine bei der Feuerwehrbrigade mitten in Paris-Saint-Germain kam jedenfalls ganz schön ins Schleudern bei der Ankunft von Madame … Aber Chaos bei der Feuerwehr kann äußerst gefährlich sein – lebensgefährlich. Also mußten Alex, Tirpitz und ich uns etwas Wirksames einfallen lassen, um unseren Erzmacho Malavoie zu kurieren. Und das taten wir dann auch.

»… der mit Sicherheit charmanteste Beitrag zum Thema Frauenquote seit langem.« *Brigitte*

»Roubaudi glänzt durch feine Ironie und seinen Fundus aberwitziger Feuerwehr-Einsätze … perfekt für ein Schaumbad oder eine Zugfahrt« *dpa, Sandra Trauner*

Ludovic Roubaudi
Der Hund von Balard

Roman. Aus dem Französischen von Gaby Wurster. 268 Seiten. Leinen mit Schutzumschlag und Lesebändchen. 2. Auflage

»Eigentlich hatten wir nichts, Marco, Tony, der Belgier und ich: keine Papiere, kein festes Dach überm Kopf, keine Kohle, keine Vergangenheit. Wir lebten frei nach Descartes: Cogito ergo sum. Was uns verband, war Sinn für Humor, der Job unter der Zirkuskuppel auf dem ehemaligen Werksgelände von Citroën, für den wir nichts als ein paar Armmuskeln brauchten, und dann und wann eine saftige Schlägerei, die wir regelmäßig im Polimago oder bei Mama Rose mit Rotweinpunsch begossen.

Bis uns eines Tages Weisnix zulief: ein räudiger, halbverhungerter Köter, mit wachem Blick und sympathischem Gesicht. Wir alle kapierten auf Anhieb, daß er etwas Besonderes war: ein echtes ›Subjekt‹, ein geborener Zirkushund. Plötzlich ging es nur noch um eines: unseren Traum vom eigenen Zirkus Wirklichkeit werden zu lassen.«

»Dieser Roman ist so schön und so traurig wie ein Lied von Edith Piaf.« *Le Monde*

»*Der Hund von Balard* trifft mitten ins Herz.« *Elke Heidenreich in der Sendung »Lesen!«*

»Man wünscht sich mehr solche Bücher.« *Neue Zürcher Zeitung*

Ruben Gonzalez Gallego

Weiß auf Schwarz

Ein Bericht. Aus dem Russischen von Lena Gorelik. 218 Seiten. Leinen mit Schutzumschlag und Lesebändchen

»Dies ist ein Buch über meine Kindheit. Eine grausame, schreckliche Kindheit, aber trotzdem eine Kindheit. Um sich die Liebe zur Welt zu bewahren, um zu wachsen und erwachsen zu werden, braucht ein Kind nur sehr wenig: ein Stück Speck, eine Scheibe Brot, eine Handvoll Datteln, blauen Himmel, ein paar Bücher und die Herzlichkeit eines menschlichen Wortes. Dies genügt, es ist mehr als genug.«

Ruben Gonzalez Gallego wird im September 1968 in der Klinik des Kreml geboren. Bei seiner Geburt treten Komplikationen auf; seine Beine bleiben gelähmt und die Feinmotorik seiner Hände beeinträchtigt. Zunächst in einem Waisenhaus untergebracht, beginnt für Ruben ab dem zweiten Lebensjahr eine Odyssee durch Heime für behinderte Kinder. In den Wirren der Perestroika 1990 gelingt es ihm mit Hilfe einer Pflegerin, seiner späteren ersten Frau, zu entkommen.

»Eine außergewöhnliche Geschichte, ein außergewöhnlicher Stil … erschütternd, verstörend.« *Le Monde*

»Ein Buch, das zum Klassiker werden könnte.« *El País*

»Wir haben verstanden, und – wichtiger – wir haben mitgefühlt.« *Neue Zürcher Zeitung*

Lena Gorelik

Meine weißen Nächte

Roman. 273 Seiten. Leinen mit Schutzumschlag und Lesebändchen

Was tun, wenn man eine sehr emotionale, sehr russische Mutter hat, die mindestens einmal täglich anruft, um sich zu erkundigen, ob man auch genug gegessen hat? Wenn man eine wunderbare, aber schrecklich vergeßliche Großmutter hat, die nur in ihrer Sankt Petersburger Vergangenheit lebt? Und einen reizenden Bruder, der gerade beschlossen hat, sich dem Buddhismus zuzuwenden?

Eigentlich wäre Anja schon damit ausgelastet, ihre Beziehung zu Jan auf die Reihe zu kriegen und sich vielleicht einen Job zu suchen. Aber Anjas Familie ist omnipräsent, auch wenn sie ein paar hundert Kilometer entfernt wohnt. Als eines Tages ihr Exfreund auftaucht und ihr einen Job in einem russischen Reisebüro vermittelt, sind plötzlich auch die Erinnerungen an ihre russische Kindheit wieder da …

In ihrem erfrischenden Debütroman macht Lena Gorelik auf hinreißend komische, leise melancholische Weise deutlich, daß sich das Leben mit einer doppelten Identität ganz offensichtlich nicht darin erschöpft, seinen deutschen Freunden zu erklären, daß Puschkin nicht nur ein Wodka, sondern auch ein Dichter war.

»Unbedingt lesen!« *Jüdische Allgemeine*

»Ein absolut hinreißendes Buch.« *bücher*

Anne Hahn

Dreizehn Sommer

Roman. 327 Seiten. Leinen mit Schutzumschlag und Lesebändchen

Dreizehn Sommer, zwischen 1986 und 1998, im Leben dreier Freundinnen aus Magdeburg, drei Lebensläufe, die sich verschränken und wieder auseinandergehen.

Zeltlager und erste Liebe, verbotene Lektüre und Zoff mit den Eltern, Versteckspiele an der Elbe und verheißungsvolle Zukunftsträume: Für Nina, schön und voller Energie, sind die Möglichkeiten, die das Leben bietet, jedoch ganz plötzlich erschöpft. Der Freiheitsdrang, dieses unbestimmte Sehnen … Sie packt ihren Rucksack und bucht eine Jugendtourist-Reise ans Schwarze Meer bucht, mit unbestimmtem Fernziel … und dramatischem Ende im Stasi-Gefängnis.

Mo wäre das nie passiert. Die Zarte, Verträumte sitzt lieber am Fluß und hängt ihren Gedanken nach. Und Katrin? Warum hätte sie ihre Karriere als Architektin aufs Spiel setzen sollen? Als dann die Sektkorken über die Mauer knallen, sitzt Nina hinter Gittern und träumt von der Freiheit …

»Über die DDR erzählten deutsche Romane entweder die überladenen, Vergangenheit bewältigenden Geschichten oder die ganz kleinen, arg nostalgischen. Jetzt schreibt eine Debütantin einfach einen Roman von der Liebe, dem Erwachsenwerden und dem Fernweh in Magdeburg, der keins von beidem ist. Sondern einfach gut.« *bücher*

Catrin Barnsteiner
Verglüht

Erzählungen. 162 Seiten. Leinen mit Schutzumschlag und Lesebändchen

Eine neue, unverwechselbare Stimme der jungen deutschen Literatur: Mit großer Präzision und Zärtlichkeit schildert Catrin Barnsteiner in ihren Erzählungen Menschen, die sich ständig am Abgrund ihrer ungelebten Gefühle und Obsessionen bewegen. Die junge Frau, die aus enttäuschter Liebe vielleicht zur Mörderin wird; der Mann, der ahnt, was es mit dem seltsamen Besucher bei seiner Frau auf sich hat, und seinen unausgesprochenen Schmerz auf gespenstische Art zu überdecken versucht; die nervöse Gastgeberin, die eine Generalprobe zu ihrer Geburtstagseinladung veranstaltet, und nun droht ihr diese zu entgleisen …

Catrin Barnsteiners Geschichten stehen in der Tradition der amerikanischen Short stories. Was ihre Helden erleben, ist alltäglich genug, um jederzeit und überall zu geschehen – und so außerordentlich, daß es erzählt werden muß.

»Gescheite, gewitzte Geschichten erzählen über die kleinen und großen Wechselfälle des Lebens, in einer scheinbar simplen Sprache, aber voller Tiefe, Rührung und Komik. ›Spritzige‹ Literatur mit Niveau!« *Deutschlandfunk*

»… einfach nur schön.« *Allegra*

Jean Rouaud

Schreiben heißt, jedes Wort zum Klingen bringen

Aus dem Französischen von Elsbeth Ranke. 168 Seiten. Leinen mit Schutzumschlag und Lesebändchen

»Niemand wirft Cézanne vor, seine Staffelei über fünfzigmal am Fuße des Berges Sainte-Victoire aufgestellt zu haben, niemand Rembrandt und van Gogh, ihr ganzes Leben lang unermüdlich versucht zu haben, einen Widerschein ihres Spiegelbilds einzufangen, niemand Monet, so viel Zeit im Bemühen verbracht zu haben, das Spiel des Lichts auf der Fassade der Kathedrale von Rouen zu verstehen, bis er sie schließlich in einen bläulichen Nebel verwandelt hatte. Man ist sich vielmehr darin einig, daß in dieser Hartnäckigkeit der Wille aufscheint, den Anteil des Mysteriums zu verringern, der Wunsch, den Gegenstand bis auf den Grund zu erschöpfen.«

Jean Rouaud, Goncourt-Preisträger, der mit seinem Romanzyklus um seine Familiengeschichte aus der französischen Provinz berühmt wurde, erzählt in seinem anregenden, eleganten Essay von der Lust mit dem Spiel um die Wirklichkeit in der Literatur, in der Malerei und in der Photographie.

»Ein luzides Gedankenspiel.« *Frankfurter Allgemeine Zeitung*

Robert Doisneau
Gestohlene Blicke

Erinnerungen eines Bilderdiebs. Aus dem Französischen von Giò Waeckerlin Induni. 234 Seiten; 16 Photos auf Tafeln. Leinen mit Schutzumschlag und Lesebändchen

»Als ich mich in das Abenteuer Photographie stürzte, war sie noch hölzern; inzwischen ist sie gewissermaßen elektronisch. Und ich strecke mit der gleichen Neugier wie am ersten Tag die Nase hinter dem Vorhang hervor.«

Nicht nur einer der größten Photographen des 20. Jahrhunderts, sondern auch ein begnadeter Erzähler: Robert Doisneau führt uns in seinen kurzweiligen, erstmals auf deutsch veröffentlichten Erinnerungen an die Orte, wo seine berühmtesten Bilder enstanden sind: in die Bistros und Cafés der Pariser Vorstädte, auf die Jahrmärkte, in die Küchen und Ateliers Picassos und vieler anderer Freunde.

Mit der gleichen Zärtlichkeit, dem gleichen Humor und der gleichen Poesie, die seine legendären Bilder erfüllen, erzählt er von seinem Werdegang als Photograph, der in den Renault-Werken Ende der dreißiger Jahre seinen Ausgang nahm und schließlich in die spektakulären Pariser Mode- und Malerateliers führte. Sein Herz aber gehörte eigentlich immer dem Paris der kleinen Leute, der Straßenmusikanten und Lausejungen …

»Ein humorvoller Meister der Beobachtung.« *Salzburger Nachrichten*

Anja Sicking

Die Magd des Monsieur de Malapert

Roman. Aus dem Niederländischen von Barbara Heller. 240 Seiten. Leinen mit Schutzumschlag und Lesebändchen

Die Entdeckung aus den Niederlanden: Streng, atmosphärisch dicht und verhalten sinnlich schildert diese Geschichte einer Dienstmagd einen historisch authentischen Skandal im Amsterdam des 18. Jahrhunderts. Ohne es zu wollen, entdeckt Anna eines Tages das unaussprechliche Geheimnis ihres Herrn und wird damit indirekt zur Komplizin.

Amsterdam, 1725. Bei einem Brand in ihrem Elternhaus haben Anna und ihre Schwester Suzanne alles verloren. Anna findet eine Anstellung bei dem eleganten, scheuen Musikalienhändler Monsieur de Malapert. Voller Pflichtbewußtsein bemüht sie sich, ihren Aufgaben als Magd perfekt nachzukommen, hofft aber insgeheim, daß sie eines Tages erkannt wird als diejenige, die sie standesmäßig wirklich ist. Immerhin kann sie lesen und schreiben … Sie ist zunehmend fasziniert von Malapert, der seinerseits, versunken in seine Partituren, Anna gar nicht wahrzunehmen scheint. Annas Phantasien über die unbekannte Seite ihres Dienstherrn blühen auf, und sie versteigt sich in Hoffnungen … bis sie schließlich das wahre Geheimnis Malaperts entdeckt.

János Székely
Verlockung

Roman. Aus dem Ungarischen von Ita Szent-Iványi. 812 Seiten. Leinen mit Schutzumschlag und Lesebändchen

»Von der Donau her wehte ein lauer Wind, der Blumenduft und ein paar Fetzen einer fernen, fast unwirklichen Musik mit sich führte. Es war alles wie ein Traum …«

Béla kann sein Glück kaum fassen, denn noch scheint diese Welt im Luxushotel, wo er seit kurzem als Liftboy arbeitet, unerreichbar für ihn: ebenso verführerisch wie gefährlich, bevölkert von Spionen, korrupten Gestalten aus der Halbwelt und gleichzeitig den Reichen, Schönen, die nur nachts zu leben scheinen …

Gerade erst ist Béla seiner Kindheit entronnen, die er als eines von acht Pflegekindern bei der berüchtigten Tante Rozika auf dem Dorf verbrachte; wo er auf Stroh schlafen und für sein Essen arbeiten mußte. Als Béla mit vierzehn in die Budapester Vorstadt zieht, ist sein Entschluß gefaßt: Er will die Armut hinter sich lassen und sie erobern, diese märchenhafte andere Welt. Als im Hotel eines Nachts die geheimnisvolle schöne Gattin Seiner Exzellenz nach ihm klingelt, glaubt Béla seine Stunde gekommen.

»Ein unglaubliches Buch! Mit diesem Buch kann uns dieser Sommer völlig verregnen, hier sind Sie mit einer phantastischen Geschichte im Trocknen …« *Elke Heidenreich in Lesen!*

»Der ungarische Drehbuchautor hat mit ›Verlockung‹ einen wirklich großen Roman geschrieben, der alles vereint: erzählerische Kraft, Sozialgeschichte, Witz, Wut, Trauer, Liebe und Idealismus.« *Brigitte*